L'homme qui avait soif

DU MÊME AUTEUR

Une rivière verte et silencieuse, *Seuil, 1999 ; Points Seuil, 2001*
La Dernière Neige, *Seuil, 2000 ; Points Seuil, 2002*
La Beauté des loutres, *Seuil, 2002 ; Points Seuil, 2004*
Quatre soldats, *Seuil, 2003, prix Médicis ; Points Seuil, 2004*
Hommes sans mère, *Seuil, 2004 ; Points Seuil, 2005*
Le Voyage d'Eladio, *Seuil, 2005*
Océan Pacifique, *Seuil, 2006, prix Livre et Mer Henri-Queffélec, 2007*
Marcher sur la rivière, *Seuil, 2007*
La Promesse, *Seuil, 2009*
L'Année du soulèvement, *Seuil, 2010*
La Lettre de Buenos Aires, *Buchet-Chastel, 2011, Grand Prix SGDL de la nouvelle*
La Vague, *Éditions du Chemin de fer, 2011*
La Source, *Cadex, 2012*
Un repas en hiver, *Stock, 2012 ; J'ai lu, 2014*

OUVRAGES POUR LA JEUNESSE

Le Secret du funambule, *Milan, 1989*
Le Bruit du vent, *Gallimard Jeunesse, 1991 ; Folio Junior, 2003*
La Lumière volée, *Gallimard Jeunesse, 1993 ; Folio Junior, 2009*
Le Jour de la cavalerie, *Seuil, 1995 ; Points Seuil, 2003*
L'Arbre, *Seuil, 1996*
Vie de sable, *Seuil Jeunesse, 1998*

Hubert Mingarelli

L'homme
qui avait soif

roman

Stock

Couverture Hubert Michel
Illustration de bande : © Takahiro Yamamoto/
Getty Images

ISBN 978-2-234-07486-6

1946

Hisao Kikuchi s'était couché sur le côté et ouvrait la bouche sous la pierre d'où l'eau gouttait. Sans doute un reste de rosée que la mousse avait gardée. Une goutte, deux gouttes, il pouvait les compter. Il en tombait si peu que c'était une douleur dans sa bouche. Il avait envie de manger la pierre, comme si l'eau avait été à l'intérieur. Il se redressa, s'accroupit, et fit un creux avec ses mains. Une goutte, deux gouttes, trois gouttes. Ça n'allait pas plus vite, mais dans cette position, c'était moins douloureux d'attendre. Il regarda vers le train. Personne d'autre que lui ne s'en était éloigné. Même le soldat étranger restait près de la voie. Hisao leva les yeux vers le ciel pour ne plus voir le train et vit des nuages blancs. Il serrait si fort ses mains qu'il ne perdait pas une goutte de ce qu'il récoltait.

La locomotive siffla. Il trembla et faillit perdre l'eau qu'il avait déjà. Son regard courut vers la voie. Son imagination traversa le wagon, alla sous son siège, ouvrit sa valise, déplia son caleçon en laine et déroula le papier rouge autour du cadeau pour Shigeko. Puis il regarda ses mains. Elles contenaient maintenant la moitié de ce qu'il avait besoin de boire. À nouveau la locomotive siffla. Le soldat étranger avait grimpé sur le marchepied. Hisao baissa la tête. « Pardon, pardon, Shigeko. Je commence déjà à te faire passer après moi. » Il releva la tête. Sur le marchepied, le soldat étranger lui lançait des gestes.

Il y eut un bruit de fer. Le train reculait. Il grinçait sur les rails. Puis il commença à partir en avant, et Hisao à cet instant se sentait si déchiré qu'il se rêva être deux. Un qui restait là à récolter l'eau jusqu'à ce que le creux entre ses mains fût plein, et l'autre qui courait vers le train, vers son wagon qui s'éloignait maintenant, et où le soldat étranger se tenait toujours sur le marchepied, et l'ignorait à présent.

Hisao Kikuchi ne pouvait être qu'un, et il pleurait de désespoir. Le train s'en allait lentement et sans remède avec la valise et le cadeau pour Shigeko, l'œuf en jade roulé dans le papier rouge et protégé par son caleçon en laine. « Je suis malade, Shigeko, je suis comme ça. » Il ferma les yeux. Son esprit plongea dans la poche de sa veste où se trouvait la dernière lettre de Shigeko Katagiri. « C'est ma maladie, Shigeko, qui a laissé partir ton cadeau. Je l'ai attrapée dans la montagne. Je croyais qu'elle resterait là-bas. Je me suis trompé. À présent elle est mon ombre. »

Il rouvrit les yeux lorsqu'il n'entendit plus le souffle de la locomotive et les wagons grincer sur les rails. Il les cligna dans la lumière matinale, et en face de lui, là où s'était trouvé le train, il ne vit ni les rails ni le champ d'orge et la lisière en coquelicots, mais le vide. Même la sombre usine au loin, il ne l'apercevait plus, et il crut perdre la tête lorsqu'en se penchant vers ses mains il vit qu'elles n'étaient pas encore pleines.

Parce qu'il avait combattu dans les montagnes de Peleliu, Hisao Kikuchi ne supportait plus la soif. Son corps, son esprit, tout en lui désormais la craignait. À tout moment, elle prenait forme, elle était vivante. Elle était son ombre. La nuit, il voulait se lever et aller boire dans la cour, au filet d'eau qui tombait dans le tonneau. Mais comme c'était une ombre d'une grande force physique, elle l'empêchait de bouger. Elle restait assise sur lui. Alors il buvait en rêve, mais pour son malheur, c'est l'ombre qu'il abreuvait, et ainsi elle se renforçait, et jusqu'au matin appuyait sur lui comme un arbre mort. Hisao pleurait, criait, gémissait, en silence, comme dans les rêves. Mais ses larmes étaient bien réelles. Il croyait voir des tourbillons de poussière jaune, et entendre la montagne se soulever, alors que tout n'était que silence et obscurité autour de lui. Pendant ces nuits pleines de fureur, seules ses larmes étaient réelles.

Chaque nuit ainsi il recommençait la bataille de Peleliu.

C'est vers le matin seulement, lorsque la bataille était finie, qu'il parvenait en rêve à se traîner sur les mains, les genoux, en portant l'arbre mort sur son dos. C'est à ce moment-là que le soldat étranger surgissait, se mettait à rire de le voir marcher ainsi, et lui tendait sa gourde. Boire le remplissait de bonheur, mais le rire du soldat lui faisait du mal. Hisao voulait lui parler. Mais il ne savait pas dans quelle langue. De toute façon il était sans force. Il était si désemparé d'avoir recommencé la bataille de Peleliu, qu'il ne parvenait qu'à gémir. Au bout d'un moment le rire du soldat s'éloignait. Enfin Hisao cessait de gémir et s'apaisait, et c'est Takeshi, son ami, qui venait alors. Tout frêle, souriant, riant assez souvent. Dans son rêve, Hisao se voyait alors assis, et Takeshi venait s'asseoir à côté de lui. Ils se touchaient. Il l'entendait chanter. Hisao

avait réellement l'impression que Takeshi était
là. Alors comment se pouvait-il qu'il ne le soit
plus lorsqu'il ouvrait les yeux ?

Vite Hisao se levait et sortait dans la cour.
Il se rinçait à l'eau du tonneau pour effacer la
trace de ses larmes, parce que Mme Taïmaki
qu'il entendait se lever l'appellerait bientôt pour
boire le thé. Ensuite, le visage encore humide, il
levait les yeux au ciel dans la lumière de l'aube et
cherchait Takeshi. Au ciel, à une étoile qui restait, à un nuage, il demandait où était Takeshi.

Ses mains s'étaient remplies à présent. Ses bras et sa nuque étaient douloureux d'être restés sans bouger si longtemps sous la pierre. Mais il attendait. Il regardait fixement l'eau dans le creux de ses mains. Elle était sa vie et son bonheur. Elle était plus importante que la Patrie et le pays natal, plus belle que Shigeko, bien que, dans son imagination, cette dernière l'était déjà beaucoup. L'eau était devenue, depuis la montagne de Peleliu, sans rivale. C'est pour elle que la valise et le cadeau pour Shigeko s'en allaient sans lui là-bas, sous son siège, à la vitesse de la locomotive. Mais justement, comme cet instant merveilleux cesserait quelques secondes après qu'il ait bu, qu'il ne durait jamais plus que le temps d'un souffle, il voulait le garder et le vivre encore un peu.

Enfin il porta ses mains à sa bouche et avala l'eau, d'un seul coup, incapable d'en faire plusieurs gorgées. Il ferma les yeux pour la sentir se répandre. Ensuite il ouvrit la bouche comme si l'air frais du matin pouvait continuer à le remplir de bonheur. Mais en quelques secondes, tout fut fini. Le bonheur s'en alla comme de la vapeur que le vent a chassée. Il porta son regard vers la voie de chemin de fer, et ses premiers mots, muets et pleins de désarroi, furent pour Shigeko.

Ensuite il s'assit dans l'herbe, ôta sa veste et la plia sur ses jambes. Pendant longtemps il regarda le champ d'orge de l'autre côté de la voie. La délicate lisière de coquelicots avait l'air d'assister à son désarroi. À présent désaltéré, le désespoir et la solitude le mangeaient. « Pourquoi, à la gare, ils m'ont dit qu'il y avait de l'eau dans le train ? Pour aller vite ou pour rire ? Je suis bien seul maintenant. Comment faire ? » Il trembla et se saisit la tête à deux mains. « Tout est à refaire. » Au bout d'un long moment, il se leva, observa l'usine au loin, enfila sa veste et partit tout droit. Il traversa la voie et entra dans le champ d'orge que le vent léger agitait. À l'usine là-bas on lui dirait comment aller à Akita par la route. Car il venait d'avoir cet espoir que le soldat étranger qui voyageait avec lui depuis l'aube et l'avait vu ranger sa valise sous son siège, la dépose aux bureaux de la prochaine gare, à Akita.

Soudain jaillit un autre espoir. Il s'arrêta, le temps d'y réfléchir, puis repartit sur ses pas, courant à travers le champ d'orge pour retrouver la voie, car si le train s'était arrêté, pourquoi ça n'arriverait pas encore, et plus longtemps cette fois. Au moins le temps qu'il le rattrape. Il retrouverait son wagon et la valise, comme si rien ne s'était passé. D'y penser son cœur se mit à battre.

Son cœur battant à grands coups, il courait sur la voie, d'une traverse à l'autre, au-devant des deux chances qui lui restaient. Que le train à nouveau s'arrête, ou que le soldat étranger soudain pris d'une intuition dépose sa valise à la gare d'Akita. Il courait en balançant d'une chance à l'autre. Comme une pièce de monnaie lancée en l'air et qui attend avant de retomber. À certains moments, il regardait loin à l'horizon pour enfin apercevoir le train stoppé, et à d'autres, il se rappelait le soldat étranger, assis depuis l'aube en face de lui, et qui peut-être, penserait à sa valise.

Il était resté assez longtemps dans le wagon avec lui pour se rappeler ses traits, au moins jusqu'au soir. Il en fallait du temps pour se souvenir de l'un d'eux. Ils se ressemblaient tous. Dans son esprit, les soldats blancs ne faisaient qu'un seul, et les soldats noirs en faisaient un autre. Celui-là, celui du train, était monté à la gare d'Hanamaki. À peine assis en face d'Hisao, il avait joint les mains sur sa poitrine et s'était endormi. Sa casquette était de travers et lui cachait un œil. Le coin de sa bouche tremblait. Assise à côté du soldat étranger, la femme qui sentait l'ail les ignorait tous les deux. Elle regardait fixement devant elle. Elle semblait intriguée par la place vide à côté d'Hisao. Il voulut parler, il dit :

– C'est long à venir.

La femme tourna seulement les yeux.

– Le jour, dit Hisao.

– Oui, souffla la femme comme sur une minuscule bougie.

Elle ne voulait pas parler. Hisao en fut honteux, car il avait espéré dire qu'il allait se marier avec Shigeko, et pourquoi pas ensuite lui montrer l'œuf en jade qu'il lui destinait.

Un moment après, lorsqu'il se pencha pour poser sa valise sous son siège, le soldat se réveilla et recula ses jambes. Hisao lui fit un signe d'excuse. Ensuite il voulut regarder l'aube se lever. Mais c'est son reflet qu'il vit sur la vitre. Il regarda devant lui. Ainsi, jusqu'au moment où le train s'était arrêté, il avait scruté le visage endormi du soldat étranger.

Voilà pourquoi, courant toujours, évitant comme il pouvait les déjections sur les traverses, Hisao avait bien en tête les traits du soldat étranger, et ainsi pouvait plus facilement se l'imaginer déposer sa valise aux bureaux de la gare, à Akita.

C'était différent avec l'autre soldat étranger, celui qui revenait chaque nuit et lui tendait sa gourde en riant. Il n'était resté que quelques minutes à côté de lui, à Peleliu, couvert de cendre et de poussière, aveuglé par le soleil. Et pourtant, de celui-là, il se rappellerait les traits jusqu'au dernier soir de sa vie.

Celui-là Dieu sait si Hisao l'avait cherché. Pour quoi faire ? Pour lui demander ce qu'il voulait. Peut-être pour lui demander de ne plus venir le tourmenter après ses nuits de fureur et d'angoisse. Bien sûr il savait que ce n'était qu'une idée, comme ça, et qu'en plus elle était sans espoir. N'empêche, il le cherchait. À en avoir des ennuis parfois. Un jour, on distribuait du bouillon aux nouilles. Ça faisait longtemps qu'il attendait, des heures, mais il allait toucher au but. Une voiture de la police militaire s'arrêta de l'autre côté de la route. Ils étaient quatre à bord. Hisao quitta la queue et traversa la route. Il se planta devant la voiture, et les observa l'un après l'autre, souriant pour s'excuser. Ils sortirent et lui demandèrent ses papiers. Il leur montra ses papiers d'ancien combattant. Ils lui crachèrent des saletés. Ils le couvrirent de méchanceté. Il retourna attendre pour la distribution de bouillon, et bien sûr avec les derniers arrivés. Il n'eut pas sa ration de bouillon aux nouilles ce jour-là.

Le soldat de la montagne, il l'avait vu en plein soleil, hilare, et pourtant il l'aurait reconnu même s'il avait fait la gueule dans la pénombre. Bien sûr l'autre ne le reconnaîtrait pas. Lorsque Hisao y pensait, il avait ces mots : « J'étais un animal. J'ai changé. » Ensuite il avait cette pensée : « Est-ce que pour qu'il se souvienne de moi je vais me mettre à marcher à quatre pattes devant lui, comme un animal, et faire semblant de boire ? » Parfois il se disait : « S'il le faut, je le referai. Je me remettrai à quatre pattes. »

Car autrement que par des gestes, comment faire. Lui dire le nom de l'île, de la montagne, à quoi bon. Comme le pain, le ciel, les arbres, l'île et la montagne, la poussière et la soif, tout dans leur langue se disait autrement.

Parfois il pensait qu'il le cherchait en vain. Peut-être était-il mort dans la montagne, après lui avoir donné à boire. Parfois aussi Hisao en avait par-dessus la tête de la bataille. Par-dessus la tête du soldat qui ne pouvait pas s'arrêter de rire la nuit tandis qu'il lui tendait sa gourde. Alors il l'engueulait. Mais comment oublier la bataille et la montagne de Peleliu, puisque Takeshi pour toujours y serait.

Hisao courait, courait derrière le train, vers sa valise et le cadeau pour Shigeko. Il avait ôté sa veste et sorti sa chemise de son pantalon. Il était en sueur. Il ne cherchait plus à éviter les déjections sur les traverses. Garder ses chaussures propres et rattraper le train, ça ne pouvait se faire en même temps.

Depuis un moment ça montait. Pas beaucoup, mais il le sentait dans ses jambes et dans ses poumons. Sa poitrine le brûlait. Le champ d'orge était loin derrière lui. Il courait à travers une prairie sauvage qui semblait monter vers le ciel. Il vivait encore sur l'eau qu'il avait récoltée sous la pierre, mais plus pour longtemps.

Lorsqu'il arriva en haut de la prairie sauvage, il sut qu'il avait perdu sa seconde chance, celle de voir le train arrêté à nouveau, comme tout à l'heure. C'est une plaine immense qu'il avait devant lui, et la voie de chemin de fer était vide jusqu'à l'horizon. Ses poumons brûlaient, ses jambes tremblaient. Sa chemise était collée à sa peau. Il se pencha en avant. Il toussa, cracha et chercha l'air. Il s'accroupit. Ses chaussures souillées lui firent tourner la tête. Il vit comme si elle avait été là, Mme Taïmaki, fixant ses chaussures souillées et ne trouvant pas un seul mot à lui dire. Le soleil était monté, et une dizaine de papillons violets tournaient autour de lui.

Il habitait chez Mme Taïmaki depuis qu'il était rentré de la guerre, et c'est elle qui lui avait offert ses chaussures. Tous les matins, il baissait la tête, il n'osait pas la regarder, il avait honte de l'avoir réveillée la nuit dans son sommeil en criant et gémissant. Il lui était reconnaissant de ne jamais le lui reprocher. Il se disait qu'elle devait l'aimer beaucoup pour le garder chez elle, alors que chaque nuit, il la réveillait en recommençant la bataille de Peleliu. Ce qu'elle devait se tourner et se retourner de l'autre côté du paravent pour trouver le sommeil. Il ne savait pas qu'il criait et gémissait sans bruit. Mais comme ses larmes étaient bien réelles et qu'elles lui laissaient des traces, il sortait dans la cour dès qu'il était levé et se rinçait le visage, pendant que dans la maison Mme Taïmaki préparait le thé.

Il lui lisait les lettres de Shigeko. Elle l'aidait à rédiger les siennes. L'hiver, ils mangeaient ensemble devant le petit poêle. Jamais ils ne parlaient de la guerre. Hisao se disait que c'était mieux ainsi, mais il pensait le contraire. Quand il revenait avec une ration de bouillon aux nouilles, il la partageait avec elle. Quand ils mangeaient devant le petit poêle, elle le regardait comme un fils, et ensuite ils se parlaient et Hisao était joyeux. Parfois il lui demandait si d'après les lettres de Shigeko, on pouvait savoir si elle était jolie.

Tous les matins, après s'être rincé le visage, il restait dans la cour, regardait le ciel s'éclairer, et pensait à Takeshi. C'était pour parler de lui qu'il aurait eu besoin, parfois, d'évoquer la guerre avec Mme Taïmaki. Il restait là, dans la cour, devant le tonneau dans lequel un filet d'eau coulait, et demandait au ciel où était Takeshi. Il le demandait aux oiseaux qui le traversaient, au vent qui poussait les nuages. Mais rien, aucune réponse, les nuages et les oiseaux traversaient le ciel et s'en allaient. Il avait besoin de réconfort à propos de l'âme de Takeshi, et sans doute que Mme Taïmaki savait des choses à propos des âmes, mais ils ne parlaient jamais de la guerre. À Takeshi aussi, il lisait les lettres de Shigeko.

Un matin, comme ça, après s'être lavé des larmes de la nuit et avoir demandé au ciel où était son ami Takeshi, il avait baissé la tête et senti d'autres larmes lui monter. Revenu dans la maison, il prit son bol de thé, et, à travers la vapeur, il dit : « Où vont les âmes, madame Taïmaki ? »

Pour échapper au spectacle de la voie de chemin de fer vide jusqu'à l'horizon et à sa solitude, il avait choisi deux papillons violets parmi tous ceux qui lui tournaient autour, pour voir à travers eux Takeshi et Mme Taïmaki. Il les regardait voleter autour de lui. Il parvenait à ne pas les perdre parmi tous les autres. Il n'avait pas osé en choisir un pour Shigeko. Puisqu'il ne l'avait jamais vue, il lui semblait difficile de la reconnaître dans un insecte. Il s'écoula un long moment avant qu'il ne comprenne que c'étaient ses chaussures souillées qui attiraient les papillons violets. Il poussa un cri et sauta dans le fossé qui bordait la voie. Il frotta ses chaussures dans l'herbe, avec frénésie et angoisse, comme pour éteindre un feu. Les papillons l'avaient suivi. Il les chassa avec sa veste, et courut un peu pour s'en éloigner.

Il parvint à plaisanter. Il eut un sourire en pensant : « Pardon madame Taïmaki. Pardon Takeshi. » Ensuite il eut cette pensée pour Shigeko : « Heureusement que toi je ne t'ai pas prise pour un papillon. » Puis, levant les yeux il vit le soleil à mi-chemin de midi.

La soif à nouveau frappa deux petits coups, prémices de coups plus furieux, plus sauvages. Bientôt et à nouveau elle tomberait sur lui comme un arbre mort et lui ferait oublier Shigeko, la valise et le cadeau. Alors il s'en alla le long de la voie, marchant dans l'herbe haute et desséchée du fossé. Préférant mille fois désormais se frayer un passage à travers elle que marcher sur les traverses souillées. Où trouver de l'eau maintenant ? Il avançait de plus en plus vite dans les herbes hautes, fuyant l'arbre mort qu'il entendait dans son dos.

Parfois il trébuchait. Les herbes hautes faisaient comme des nœuds et il se prenait les pieds dedans. Mais une route apparut et vint longer la voie. Ce fut plus facile alors. De marcher sur une route, il se sentit moins seul, et la valise lui parut moins perdue et inaccessible. Ainsi réconforté, il pouvait se rappeler cette dernière nuit dans la cour de Mme Taïmaki. Il n'avait presque pas dormi. Mme Taïmaki non plus. Chacun d'un côté du paravent, ils s'étaient entendus, l'un et l'autre bouger, se tourner et chercher le sommeil. Bien avant l'aube, ils avaient bu le thé en silence. Hisao avait enfilé sa veste et pris la valise. Il était sorti dans la cour. À la surface du tonneau d'eau flottait une planche de bois sur laquelle Mme Taïmaki avait posé une bougie pour son départ. Sa flamme les éclairait un peu en tremblant, comme les étoiles dans le ciel.

Hisao posa sa valise. Elle le prit dans ses bras. C'était la première fois. Elle avait la même odeur que sa maison.

– Adieu, Hisao.

– Adieu, madame Taïmaki.

Il y eut un moment sans rien. Puis elle dit ce qu'elle retenait depuis qu'Hisao habitait sa maison :

– Tu es si jeune, pourquoi tu souffres autant ?

Elle le tenait toujours dans ses bras. Il pensa qu'elle parlait de ses cris et de ses gémissements pendant la nuit. Il tremblait de gêne.

– Je vous ai réveillée. Toutes les nuits. Pardon. Je criais en repensant à la bataille.

Elle lui murmura :

– Non, tu n'as jamais crié, Hisao.

Il en fut tout éberlué. Mais ensuite il ne fut pas certain qu'elle disait vrai. Peut-être le disait-elle seulement pour l'empêcher de s'en vouloir. Il demanda, suppliant presque :

– Dites-moi la vérité.

– Non, jamais, pas une fois je ne t'ai entendu crier. Mais qu'est-ce que tu pleures ! Toutes les nuits. Tu pleures beaucoup. Pourquoi souffrir autant ?

Hisao, encore tout éberlué, et ne sachant ou n'osant pas répondre, parla d'autre chose.

– J'ai fait comme vous me l'avez dit, j'ai mis l'œuf dans mon caleçon en laine.

Elle rit un peu dans le creux de son épaule. Elle lui murmura :

– J'ai été heureuse avec toi. Je penserai à toi cet hiver devant le petit poêle. Prends soin de tes chaussures. Tu seras heureux avec Shigeko, je l'ai lu dans ses lettres.

Alors Hisao soudain n'en pouvant plus de chagrin de quitter Mme Taïmaki, mais également ment refusant de s'en aller sans qu'une seule fois elle n'ait entendu parler de Takeshi, dit, tout tremblant, ce que lui aussi retenait depuis qu'il habitait cette maison :

– Je pleure sur la bataille, et sur Takeshi. Je ne sais pas où il est. Ses os sont restés là-bas dans la montagne, mais lui où est-il ? Je ne comprends pas. Ce n'était pas que des os, il chantait, c'était Takeshi. Je suis là, mais lui, où est-il ?

Elle restait silencieuse. Elle le tenait toujours dans ses bras.

– Où vont les âmes, madame Taïmaki ?

La route longeait toujours la voie de chemin de fer. Il avait renfilé sa veste, et mis sa chemise dans son pantalon. De s'être rappelé les adieux avec Mme Taïmaki il se sentait tout ému. Il lui souriait tendrement comme si de sa maison là-bas, elle pouvait le voir. Il lui souriait avec reconnaissance aussi, car ce qu'elle lui avait dit sur ses nuits lui donnait du courage. Ainsi il ne criait ni ne gémissait à haute voix. Marchant sur la route vers Akita, il se sentait soulagé de ce poids-là. Une des grandes préoccupations qu'il avait en pensant à sa vie avec Shigeko s'était envolée. Souvent il se disait : « Comment dormir avec Shigeko ? Comment fera-t-elle pour trouver le sommeil, si je crie tout le temps ? Combien de temps le supportera-t-elle ? » Il ne lui avait jamais dit dans ses lettres que ses nuits étaient pleines de fureur. Pourquoi l'effrayer ?

Et il avait toujours eu l'espoir qu'avec le temps, ses nuits s'apaisent et que la bataille de Peleliu tombe dans un trou. Pour ses larmes, il avait la solution, la même qu'avec Mme Taïmaki. Se lever à l'aube avant Shigeko et se laver le visage.

Une autre préoccupation, mineure celle-là, concernait l'œuf en jade. Pourrait-il attendre le jour de leur mariage pour lui offrir ? Lorsqu'il y songeait comme ça et rapidement il pensait que oui. Mais lorsqu'en rêve, il vivait l'instant de leur rencontre, le papier rouge qui l'emballait s'ouvrait tout seul.

Relevant la tête, il aperçut un pont posé sur l'horizon. Il était trop loin encore pour voir si c'était un fossé qu'il enjambait, un cours d'eau ou bien une autre route. Mais la soif, ignorante, méchante, lui cria que ce ne pouvait être que de l'eau qui coulait là-bas. À nouveau il oublia tout : Mme Taïmaki et les nuits avec Shigeko, le train, la valise et l'œuf en jade, ses larmes et tous les soldats étrangers.

Il courait comme si la mort préparait quelque chose derrière lui. Il courait de peur que l'arbre mort le rattrape et lui tombe dessus et le fasse tomber sur la route. Comment se relever ensuite ? La mort qu'il entendait, c'étaient ses propres pas sur la route.

Du vert apparut, clair et ondulant, puis le lent courant d'une rivière. Il perdit la tête. Il termina sa course en gémissant tout haut. Il sauta de la route sur le talus et perdit l'équilibre. Il tomba et roula jusqu'à la berge, les yeux grands ouverts sur le ciel, sur l'herbe jaunie, sur le ciel. Il plongea la tête dans l'eau et comme une bête il s'abreuva.

Il était assis sur la berge. Ses chaussures frôlaient l'eau. La vie était revenue. Il respirait par saccades et frissonnait, car son soulagement était immense. Mais d'avoir roulé de là-haut, sa veste et son pantalon avaient vieilli d'un coup. Il en ressentit une douleur. Puis une autre encore plus grande. En buvant, la vie était revenue, et avec elle comme à chaque fois le souffle amer de la réalité. Il pensait : « Le train a passé Akita, à présent. Est-ce que la valise est dans les bureaux ? Est-ce qu'elle continue à voyager sans moi et s'éloigne encore plus ? Où le train s'arrête-t-il ensuite ? J'ai bien protégé l'œuf dans le caleçon en laine, mais pour quoi faire. Je n'ai pas pris soin de la valise. » Il regardait le flot de la rivière, et son regard, emporté comme elle par le courant, s'arrêta sous le pont, là où l'eau devenait plus sombre. « Je te jure Takeshi, je me sens bien seul. » Il retira ce qu'il put de brindilles et de bouts d'herbe de son pantalon et de sa veste. Il se redressa, grimpa le talus et se remit en route. Il passa sur le pont en regardant une dernière fois la rivière. « Takeshi, donne-moi un coup de main, comme dans la montagne. » Il avait un sourire, tout mince. Il fit de plus grands pas, et au bout d'un moment se mit à courir, d'une foulée mesurée.

Ils creusaient la montagne, le jour, la nuit, dans la pâle lumière des ampoules électriques. Ils dormaient tout près de ceux qui venaient les remplacer pour creuser à leur tour. Ils étaient couverts de poussière jaune. Hisao s'endormait à côté de Takeshi. C'était le jour, c'était la nuit ? Comment le savoir ?

Seule l'eau arrivait régulièrement sur le front de taille. C'étaient de grands seaux d'eau fraîche que des civils leur apportaient en courant, sans les regarder. Le reste, la nourriture, les manches des pics et des pelles, les lettres, tout ça arrivait sans aucun sens, n'importe comment, et plus rarement que l'eau. C'est que sans eau, ils n'auraient pas creusé bien longtemps.

Couvert de poussière, Takeshi, tout frêle, torse nu, ressemblait à une jeune fille. Depuis combien de temps ils creusaient ? Takeshi disait pour plaisanter : « Quand on aura traversé la montagne, on reverra la mer. » Depuis longtemps ils avaient oublié dans quelle direction ils creusaient. Et les plans des galeries, si jamais ils existaient, seuls les officiers les connaissaient. Mais c'est sûr qu'un jour ou l'autre, à force, s'ils continuaient, ils reverraient la mer.

Les pics, les pelles, casser, ramasser, c'était sans fin et la poussière les asséchait. Aussitôt qu'ils avaient bu dans les grands seaux, l'eau ou la sueur ressortait par les pores et traçait des lignes foncées sur la peau.

Avant de s'endormir, Takeshi chantait. Sa voix était toute frêle aussi. Tourné vers lui, Hisao fermait les yeux. Il l'écoutait et entendait en même temps ceux qui, les ayant remplacés sur le front de taille, frappaient la roche. Takeshi sortait de l'école, et sa chanson en venait tout droit. Sauf que Takeshi avait du talent. Il avait un don. En changeant un mot et un autre, là où il le fallait, la chanson finalement parlait de leur vie à l'intérieur de la montagne. Qui s'endormait le premier ? Hisao pensait que c'était lui, bercé par la voix de Takeshi.

C'est la chanson des pics et des pelles qui les réveillait. À nouveau ils creusaient jour et nuit pour se protéger des avions lorsqu'ils viendraient.

Vers le milieu de l'après-midi, Hisao quitta la route et prit un chemin vers une maison en bois sombre. Devant, il y avait un homme assis sur un banc. Hisao s'approcha, l'homme était très âgé, c'était un vieillard. Il leva la tête vers Hisao. Il avait un voile devant les yeux. Il avait sur ses genoux, posés sur du papier journal, des poissons grillés qu'il continua de décortiquer, tandis qu'Hisao attendait, debout devant lui, ne sachant pas quoi dire.

— C'est toi qui sens la merde ?

— Oui, grand-père, c'est mes chaussures.

— Va te laver derrière la maison.

Hisao passa derrière la maison et tira de l'eau à la pompe. Il but tout ce que son estomac voulut prendre. Ensuite il ôta ses chaussures et les frotta, semelle contre semelle, sous la pompe.

Il revint sur le devant de la maison. Le vieillard avait fini de décortiquer les poissons.

– Qu'est-ce que tu veux ?

– J'avais soif, j'ai bu.

– Assieds-toi. Où est-ce que tu vas ?

Hisao dit en s'asseyant :

– Je vais à Akita.

– Qu'est-ce que tu vas faire à Akita ?

– J'ai laissé ma valise dans le train, j'ai été idiot, et maintenant je voudrais la retrouver.

Le vieillard tira une des feuilles de papier journal, posa un poisson dessus et le tendit à Hisao.

– Mange.

– Merci, grand-père.

Ils mangèrent. Hisao se rendit compte à quel point il avait faim. Le poisson était grand comme la main. Ce n'était pas assez. Des comme ça, c'est sûr, il voulait en manger dix. Alors il le mangeait lentement. Le vieillard aussi, mais lui, c'est parce qu'il n'avait plus de dents. Un chien apparut, sortant de la maison. Son arrière-train flanchait, il était pelé sur le dos, sa truffe était blanche. Il fit quelques mètres et se coucha sur le chemin par lequel Hisao était venu. Hisao demanda :

– À pied, grand-père, j'arrive à Akita avant ce soir ?

– Oui, répondit le vieillard, ça se peut.

Le chien souffla, le vieillard souffla pareil et parla tout seul, pas longtemps. Ensuite il dit à Hisao :

– Il souffre, il va bientôt mourir et moi aussi. Ça arrive vite. Tous les jours ça va plus vite. Rends-moi un service, il en a assez, tue-le parce que moi je n'ai pas la force. Fais-le à ma place que je sois tranquille. Et je te donnerai un raccourci pour aller à Akita.

Hisao s'était tourné vers lui. Le vieillard continuait de manger et de ses yeux aveugles coulaient des larmes.

– Grand-père, je ne peux pas le faire.

– Tant pis, dit le vieillard.

Il envoya la moitié d'un poisson au chien, mais trop loin pour que celui-ci trouve le courage d'aller le prendre. Il dressa et reposa sa tête. Il gonfla les narines et cligna des yeux. Hisao se leva, prit la moitié de poisson et la lui posa devant la gueule, entre ses pattes, mais à contrecœur, car cette moitié-là, il avait envie de la manger. Il retourna devant le vieillard qui s'était arrêté de manger.

– Je m'en vais, grand-père. Merci pour le poisson, merci pour l'eau.

– Je t'ai menti. J'ai encore la force de le tuer. Il en faudrait pas beaucoup. Mais on a vécu ensemble. Je l'aime bien.

Hisao attendit, puis murmura, ne sachant pas comment le dire autrement :

– Moi, c'est la force qui manquerait.

Se méprenant sur la réponse d'Hisao, le vieillard ouvrait la bouche, attendait le visage levé, bougeant ses yeux derrière leur voile, n'en revenant pas. Il restait comme ça et cherchait à imaginer à quoi physiquement Hisao ressemblait pour manquer de force à ce point. Il en fallait si peu pour tuer un chien qui ne marchait presque plus.

Hisao alors, d'avoir vu le vieillard pleurer de vraies larmes, et de l'avoir entendu lui dire la vérité, osa dire pour parler de quel genre de force il manquerait :

– Moi j'ai été dans une bataille, grand-père.

Le vieillard avait assez vécu pour s'en suffire. Il garda le silence. Il fit seulement un petit bout de réponse avec ses lèvres. Il recommença à manger. Il ne dit rien jusqu'à ce qu'Hisao, après lui avoir dit au revoir, tourne les talons et s'en aille.

– Je t'ai menti aussi à propos du raccourci, il n'y en a pas. C'est tout droit. Ne t'en fais pas. Tu y seras avant ce soir.

Hisao arriva à Akita dans la clarté orange qui précède les soirs d'automne. Il y avait du bruit, du monde, et les lumières brillaient déjà. On courait, on marchait, c'était bien différent de chez Mme Taïmaki. Partout où il posait le regard, il voyait du mouvement. Une voiture de la police militaire le frôla. Il y avait des odeurs de viande grillée, de soupe, et un vent léger. Par chance la proximité de sa valise lui faisait oublier sa faim. Et la soif ? Il avait bu à une fontaine, pas loin de là. Pour trouver la gare, il choisit de suivre la ligne du tramway. Le soleil rasant l'éblouissait. Les rues rétrécissaient à mesure qu'il avançait. D'autres voitures le frôlèrent. En tournant à un angle, un camion perdit son chargement. C'étaient des petits paquets ronds, ils roulèrent par terre, il y eut des cris. Tout le monde se précipitait pour les ramasser, mais pas Hisao.

Il se rendit compte à quel point la perte de la valise l'avait changé. À quel point déjà il aimait Shigeko. Car à un autre moment, s'il n'avait pas eu Shigeko dans son cœur, lui aussi se serait précipité pour ramasser les paquets et se sauver avec.

Le soir était là lorsqu'il trouva la gare. À peine franchie la porte il se mit à trembler. Là-bas tout au fond, il aperçut le guichet éclairé et derrière, debout, le préposé. Depuis qu'il avait quitté le vieillard, il s'en était fait une idée. Il lui avait expliqué cent fois ce qu'il s'était passé avec le train, la valise et le soldat étranger. Il lui semblait presque qu'il l'attendait, qu'il allait le reconnaître tellement lui-même l'avait imaginé. Il s'approcha, sortit son billet de sa poche, le montra, et les mots sortirent de sa bouche à peu près comme il les avait préparés. Mais tout tremblotants et avec un son de gorge.

– Regardez, cette nuit je suis monté dans le train à Hanamaki, mais j'ai été bête. Quand il s'est arrêté, je suis descendu et je me suis fait avoir, il est reparti sans moi. Ça m'a coûté d'être aussi bête, je marche derrière ma valise depuis ce matin. Je pense qu'un soldat étranger s'en est occupé, il descendait à Akita. Je l'avais mise sous mon siège. Est-ce qu'elle est là ?

– Non, rien, personne n'a ramené de valise.

Hisao ouvrait la bouche, battait des yeux, et le préposé dit :

– Il y a longtemps que plus personne ne perd quoi que ce soit.

– Mais moi, si. Ce matin, j'ai perdu ma valise.

– Je te crois, mais personne ne l'a ramenée.

Hisao était si bouleversé, que ce qu'il avait l'intention de demander à propos de son billet, il l'oublia, et il se recula, se retourna et alla s'asseoir sur un banc. Ce n'est qu'au bout d'un long moment qu'il s'en rappela. Il demanda depuis le banc, d'une voix blanche :

– Est-ce que mon billet sera encore bon demain ?

Le préposé lui fit non avec la tête comme s'il ne voulait pas trop lui faire de mal avec un non sonore. Mais il lui fit du mal tout autant. Hisao resta de longues minutes sans pouvoir construire une seule pensée, sans pouvoir se dire quoi que ce soit, pas même un mot. Il était loin de chez Mme Taïmaki, loin de Shigeko, loin de tout, il regardait au-dessus de lui la voûte métallique. La fatigue de la journée lui faisait mal partout. « Où reprendre appui, comment faire, est-ce que ça s'arrêtera ? » Il se vit plein d'espoir marchant sur les traverses de la voie de chemin de fer. Il se vit la nuit dernière, serrant dans ses bras Mme Taïmaki. « Maudite soit ma soif. Maudit soit tout ce qui m'empêche de vivre. Maudites soient Peleliu et ma vie. J'ai couru, j'ai marché dans la merde. J'ai espéré, à quoi ça sert ? » Il avait toujours son billet dans la main, aussi utile que de la monnaie ancienne. Comment rejoindre Shigeko ?

Il vit qu'on s'asseyait sur le banc à côté de lui, mais ne reconnut pas immédiatement le préposé.

— Qu'est-ce qui t'arrive ?

Hisao tourna la tête, le reconnut, et dans la seconde sut qu'il était un vétéran. Ce que le préposé, s'agissant d'Hisao, savait depuis le début. C'était une chose naturelle que de se reconnaître entre eux. Jamais ils ne se questionnaient pour en être certains. Sauf parfois pour des dates, des lieux.

Ainsi Hisao pouvait s'ouvrir à lui.

— Il m'arrive que je me sens bien seul. Que tout ce que j'ai est dans ma valise et le cadeau pour me marier avec. Il m'arrive que je pensais la retrouver ici, et à présent je ne sais plus comment faire. Où est-elle maintenant ? Et de l'argent, je n'en ai pas assez pour reprendre un billet.

De s'être ouvert, d'avoir eu ce réconfort, il attrapa une dernière idée. Il demanda :

— Dis-moi où est-ce que le train s'arrête, son terminus ?

— Aomori.

— Moi aussi je devais descendre à Aomori. Ils nettoient les trains là-bas ?

— Oui, c'est là-bas qu'ils font l'entretien.

– Ils gardent ce qu'ils trouvent ?

– Oui, ils le mettent de côté. Mais je te l'ai dit, en ce moment on ne trouve rien. Mais si ta valise y est, ils la trouveront. Si elle n'y est pas, c'est qu'on te l'a volée.

– Je ne veux pas penser à ça. Tu sais combien m'a coûté le cadeau qu'il y a dedans ? Tu sais comme tout est difficile.

– Ne t'en fais pas. Je sais comme tout est difficile. Moi aussi je me sens bien seul. Le temps est sans fin pour moi, sauf la nuit.

Hisao regarda ses chaussures, le préposé se leva et dit :

– Tout à l'heure viens avec moi sur la plage, on fait un feu, ça passe le temps. Si on a de la chance, ils auront attrapé du poisson. Attends-moi ici.

Le préposé s'éloigna. D'avoir entendu parler d'un feu, Hisao se prit les mains et commença à avoir froid. Mais parce qu'il s'était ouvert à un vétéran, un sentiment de sécurité montait en lui, fragile comme une petite lumière.

Il faisait nuit et il n'y avait pas une lumière. Hisao se laissait guider. Komura le préposé lui tenait le bras. Akita était derrière eux. Ils avaient coupé par la gare de triage. Ils virent le feu de loin et l'entendirent avant d'entendre la mer. C'est qu'il montait haut vers le ciel, et craquait comme une forêt de buissons qu'on aurait enflammée. Ils étaient combien sur la plage ? Depuis qu'il avait quitté la gare avec Komura, Hisao craignait de se sentir perdu s'ils étaient trop nombreux. Ils franchirent une barrière et touchèrent le sable. Ils s'approchèrent. Hisao aperçut la mer sombre. Komura lui lâcha le bras. Hisao en vit trois debout devant le feu. L'un d'eux avait une bouteille dans la main. Komura alla vers lui et lui parla. Hisao se colla au feu. Il était soulagé qu'ils ne soient pas trop nombreux.

Il en arriva deux autres soudain, depuis le rivage. L'un portait dans ses bras une énorme dorade coryphène d'au moins dix livres, encore brillante, et l'autre, la ligne de pêche qu'il finissait d'enrouler autour d'une planche. En voyant le poisson, les trois devant le feu poussèrent des cris sauvages. On fit cercle, même Hisao. La dorade bougeait et ouvrait la gueule, ses gros yeux roulaient. Hisao n'en éprouvait pas de pitié car il avait faim. Komura le prit par l'épaule et dit :

— Tu as de la chance, ils sont rares les poissons comme ça.

Celui qui portait le coryphène dit :

— J'en ai jamais vu.

Et celui qui portait la ligne :

— Moi si, dans une autre mer.

Celui qui portait le poisson le posa dans le sable, sortit son couteau, le tua, lui coupa la tête qu'il jeta dans le noir derrière lui, et l'ouvrit en deux dans la longueur. Il le vida, ôta l'épine dorsale, jeta tout ça aussi dans le noir, et finit de l'ouvrir pour en faire deux filets, énormes et blancs, et un seul aurait suffi à les nourrir tous les sept. Il les posa sur un grand bois flotté qu'il poussa ensuite près du feu.

Celui qui tenait une bouteille s'appelait Keisuke. Il vint devant Hisao et le regarda dans les yeux. Il avait un drôle de manteau, trop long et d'une couleur claire. Il portait des chaussures bizarres aussi. Finalement tous étaient bizarrement habillés. Avec sa veste et son pantalon, bien que salis, Hisao se sentait différent. Il y avait, à l'écart du feu, des sacs, certains provenaient de l'armée. Des vêtements étaient posés dessus, quelques-uns de l'armée aussi.

Ils s'assirent, Hisao entre Komura et Keisuke, et les autres de l'autre côté du feu. Il les voyait à travers les flammes. Leurs visages dansaient dans l'air chaud. Derrière lui il y avait les ténèbres et le bruit du ressac. Il se souvint du sentiment de sécurité qu'il avait ressenti à être assis sur le banc à côté d'un vétéran. Maintenant qu'ils étaient six autour de lui, il voulut savoir où il en était avec ce sentiment, s'il pouvait se multiplier par le nombre de vétérans, mais il fut interrompu, Keisuke lui dit :

— Alors tu vas te marier.

Hisao sourit et hocha la tête.

— Oui, à Hakodate. Mais j'ai perdu ma valise. C'est pour ça que je suis là.

— C'est où, ça, Hakodate ?

— Sur Hokkaidō.

— Tu vas monter sur un rafiot.

— Oui.

Keisuke éclata de rire.

— Moi plus jamais je ne prendrai le bateau. Plus jamais je n'aurai de l'eau en dessous de moi. Même pour aller me marier. Nous, on a coulé un jour.

Il posa la bouteille sur un genou d'Hisao.

– Tiens, fais ta traversée jusqu'à Hokkaidō, en sécurité, mais ensuite que les bateaux coulent et qu'on n'en parle plus jamais.

Hisao hésita, et but un coup. C'était fort, mais pas autant qu'il l'avait craint. C'était de l'alcool de fruits coupé avec de l'eau. Il passa la bouteille à Komura, qui lança au moment de boire :

– À la Patrie !

– Ta gueule !

C'était Keisuke, ce n'était pas méchant. Komura but un coup et dit :

– Non, Keisuke. À la Patrie, elle vit encore.

– Qu'elle crève.

Ceux qui étaient de l'autre côté du feu riaient. Le feu crépitait. Des braises montaient haut. Komura dit avec une voix peinée :

– Ne parle pas ainsi, Keisuke.

– Je parle comme je veux. Qu'elle crève.

– Mais non, dit Komura tristement.

Puis à Hisao il dit :

– Ne l'écoute pas, ne le crois pas. Dis-lui, toi, ce que tu en penses.

Hisao pensa d'abord pour lui : « Moi, la Patrie, ça alors ! » Il ne voulait pas faire de peine à Komura. C'est lui qui l'avait amené ici.

Bientôt il allait manger au chaud. Sans lui qui sait s'il aurait mangé. Avec quel argent ? Son argent, c'était pour prendre le bateau. Mais il ne pouvait pas non plus dire le contraire de sa pensée, même par reconnaissance.

– Moi j'ai faim, dit-il, sans regarder personne.

Keisuke éclata de rire, le prit par l'épaule et le serra contre lui. Hisao en éprouva presque du bien-être, encore plus qu'avec Komura sur le banc, à la gare. Puis Keisuke le lâcha et dit :

– Aide-moi avant que ça brûle.

Ils se levèrent et tournèrent dans l'autre sens le gros bois flotté qui avait commencé à prendre feu, menaçant les filets. Ensuite ils se rassirent à la même place. Keisuke versa du sable sur le côté du bois qui brûlait toujours.

– Il aurait fallu le mouiller avant, dit Komura, parlant du bois flotté.

– Ça ira, dit Keisuke.

Il tendit la main vers Komura, qui lui rendit la bouteille. Il but un long coup et dit en riant :

– À ta Patrie, Komura !

Puis il passa la bouteille à Hisao qui but pareil, un long coup, car il avait froid dans le dos. Ça lui fit du bien, mais il pensa : « Le ventre vide, je vais tomber par terre. » Il sentait l'odeur de la dorade qui cuisait doucement. Il voyait les faces bizarrement éclairées des quatre assis de l'autre côté du feu. D'avoir ressenti ce bien-être lorsque

Keisuke l'avait pris par l'épaule, et d'avoir bu deux fois déjà, la tête lui tournait, et ses pensées allèrent un instant vers Takeshi. Encore un peu il allait voir la poussière jaune voler à la place des braises. Puis l'un des quatre assis de l'autre côté du feu se leva et vint chercher la bouteille. Hisao l'observa, songeur, tandis qu'il retournait s'asseoir.

Hisao ne buvait jamais, si bien que l'alcool lui donnait des ailes. « Avec lequel de tous ceux-là j'aurais pu être heureux dans la montagne ? Peut-être avec celui qui vient de s'asseoir, ou bien Keisuke, Komura. Qui peut le savoir ? Peut-être aucun, peut-être tous. » Ce qu'il avait bu lui donnait de grandes ailes. Elles battaient des coups sur son cœur. « Et sur lequel je pleurerais aujourd'hui ? » Et sans s'en rendre compte, il accompagnait ses questions de hochements de tête.

– À quoi est-ce que tu penses ? lui demanda Keisuke.

– Je pense à vous tous, lui dit Hisao sans hésiter, là encore aidé par l'alcool.

Il s'écoula un long moment avant que Keisuke lui dise :

– Pense à toi, parce que nous demain, on t'aura oublié.

C'était comme pour la Patrie, c'était dit sans méchanceté. Hisao en ressentit malgré tout de la peine. C'est au bout d'un long moment aussi qu'il demanda :

– Dis-moi où trouver de l'eau.

– Pour quoi faire ? demanda Keisuke.

– Pour boire tout à l'heure, avant que je perde la tête. Je suis rentré avec cette maladie.

Keisuke s'était tourné vers lui. Ses yeux entraient dans les siens.

– Qu'est-ce que tu dis ?

– Quand j'ai soif, je perds la tête. Tout à l'heure j'aurai mal partout, j'aurai peur de mourir.

Keisuke lui tapa sur le genou, comme après avoir entendu une bonne histoire. Il riait, pas fort. Hisao se mit à rire comme lui, pas fort. Mais lui, de surprise que de tout cela on pût rire. Keisuke demanda :

– Tu es rentré avec ça ?

– Oui. La nuit aussi je perds la tête. Dans mon rêve, il y a cette eau qui me manque. Il y a la montagne qui tremble, la poussière qui m'étouffe. Chaque nuit. Mais l'eau, elle me manque aussi quand il fait jour. Ça me joue des tours. C'est à cause d'elle que j'ai perdu ma valise.

Il se tut. C'est en lui qu'il continua. Son étonnement d'avoir parlé de ses nuits était si grand qu'il ne cessait de se demander comment c'était arrivé. Il y avait l'alcool, mais pas seulement. Il y avait autre chose. Bien sûr il n'était pas allé jusqu'à parler de Takeshi et du soldat étranger qui venaient eux aussi chaque nuit. Mais pour parler d'eux, de Takeshi surtout, c'est la bouteille entière qu'il lui aurait fallu boire. Et même encore. Qu'est-ce qu'il aurait fallu alors ?

Heureusement Keisuke avait encore un grand sourire.

– Moi aussi la nuit il s'en passe, dit-il.

Hisao l'interrogea du regard.

– Ça dépend des nuits, lui répondit Keisuke.

Puis il éclata de rire, il n'alla pas plus loin. Il dit :

– De l'eau, il y en a derrière toi, par où tu es venu avec Komura. C'est un ruisseau qui va dans la mer. Il est propre. Moi, c'est là-bas que je me lave.

Komura qui avait tout entendu se tourna vers lui.

– Dis-moi à quoi tu rêves, Keisuke.

Keisuke se leva pour aller chercher la bouteille de l'autre côté du feu. Il revint, s'assit et but un coup. Komura se pencha vers lui.

– Dis-moi à quoi tu rêves. N'aie pas peur.

– Moi, la nuit, je t'aime de tout mon cœur, dit Keisuke.

Et il se pencha, prit appui sur les genoux d'Hisao et embrassa Komura sur la tempe. Komura secouait la tête, il riait. Ensuite il y eut le silence, les ténèbres derrière eux, et le bruit du ressac. Au bout d'un moment Hisao pensa : « Moi je me souviendrai de toi, Keisuke, je ne t'oublierai pas tout de suite. » Il l'imita ensuite, il prit du sable et éteignit les flammes qui avaient repris sur le bois flotté. La dorade, bientôt cuite, sentait bon.

Tant que durerait le feu, tant qu'il attendrait pour manger, la perte de la valise et du cadeau pour Shigeko ne le ferait pas trop souffrir. Pour l'instant elle attendait, dans les ténèbres, derrière lui. Mais après, lorsque le feu baisserait et que sa faim serait comblée, elle bondirait sur lui.

Avant de creuser ensemble dans la montagne, Hisao et Takeshi n'avaient pas le souvenir de s'être déjà vus. Ils avaient cherché à se rappeler l'un de l'autre, mais ils n'avaient pas réussi. S'étaient-ils croisés et regardés, une fois deux fois ou encore plus, à l'intérieur du cantonnement sous les arbres, ou encore avant, sur le bateau qui les avait débarqués sur l'île. La nuit sur le pont, ils avaient peut-être au même moment cherché la fraîcheur. Et le matin, n'avaient-ils pas au moins une fois attendu l'un à côté de l'autre qu'on leur distribuât les rations. Ils ne s'en souvenaient pas. Ils ne se connaissaient que dans la pâle lumière des générateurs. Ce qu'ils formaient tous les deux était né dans la montagne, dans ce ventre sombre, rempli de poussière, de bruit, et sans la moindre lumière naturelle.

Un jour, une nuit, comment savoir, on affecta Takeshi à l'évacuation de tout ce qu'ils retiraient à la montagne. On l'affecta aux wagonnets. Hisao lui dit : « De dehors ramène-moi quelque chose. S'il fait jour, profite du soleil. » Il se passa de longues heures avant que Takeshi ne revienne. Mais il ne lui rapporta rien. Car là où ils déchargeaient les wagonnets, il n'y avait qu'une nouvelle montagne faite avec tout ce qu'ils avaient creusé et retiré ici depuis des semaines. Hisao lui posa des questions à propos des bateaux au mouillage. Takeshi lui répondit qu'il n'y en avait plus un seul sur la mer. Ils étaient tous repartis. Hisao demanda : « Ils ont eu peur ou c'est normal ? » Takeshi ne savait pas. « Est-ce qu'ils reviendront ? »

Avant de s'endormir, plus tard, Takeshi dit que c'était aveuglant de regarder le ciel et la mer, qu'au début, ça n'avait été qu'une seule grande tache brillante. Ensuite il se tut. Le départ des bateaux les préoccupait. Ils ne savaient pas comment l'interpréter. « Est-ce qu'ils reviendront ? »

Takeshi chanta quand même. Mais Hisao avait de la peine à s'endormir. Ce n'était pas à cause de la poussière et des coups de pic de ceux qui travaillaient sur le front de taille, là tout près, ni du sol dur qui lui entrait dans les côtes. C'était de voir, dès qu'il fermait les yeux, la mer sans les bateaux. Takeshi le sentit et lui dit : « Ne t'en fais pas, on est loin dans la montagne, on pousse longtemps les wagonnets avant d'arriver dehors. C'est pas les bateaux qui nous protégeront, c'est la montagne. »

Lorsque la dorade fut cuite, Komura et Keisuke se redressèrent et éloignèrent le bois flotté
des flammes. Les quatre de l'autre côté du feu
aussitôt se levèrent et vinrent de ce côté-là, voir
si la cuisson leur convenait.

Le bois flotté ressemblait à une table très
étroite posée dans le sable. Chacun s'assit
autour. Les filets au centre fumaient. De la
graisse avait coulé et teintait le bois. Il n'y
eut pas d'inquiétude dans leur façon de manger. Les deux filets étaient si grands encore,
si épais, que chacun savait qu'il serait rassa-
sié. Hisao faisait attention de ne pas se servir
plus rapidement que les autres. Il avait changé
de position pour manger, le feu chauffait son
épaule, il voyait la mer à présent. Mais il n'en
distinguait pas grand-chose, que la crête plus
claire des vagues, car assez vite elle devenait

toute noire, et au loin elle se confondait avec le ciel. Là-bas des nuages se formaient, invisibles encore.

Le feu les éclairait, leurs gestes étaient tranquilles. La partie épaisse du poisson n'avait pas cuit entièrement, elle se détachait moins bien, mais elle avait le bon goût du bois et des flammes. Personne ne parlait. Ceux qui avaient pêché le coryphène ne se vantaient pas. Chacun mangeait à la même vitesse, et la même quantité que les autres, sauf Hisao, un peu moins. Mais c'était encore suffisant. À côté de lui, Keisuke avait des façons délicates de se servir sur les filets, entre deux doigts. Hisao eut peur soudain, car la valise et le cadeau pour Shigeko venaient de sortir des ténèbres et l'avaient effleuré, alors qu'il n'avait pas encore comblé sa faim. Il se révolta, supplia d'avoir la paix jusqu'à la fin de son repas et en demanda pardon à Shigeko. Puis il se servit un peu plus vite. Keisuke s'arrêta le premier de manger. Il but un coup à la bouteille, étendit ses mains derrière lui et regarda en l'air. Il fredonna quelque chose. Komura se leva et alla uriner dans la mer.

Il ne revint pas tout de suite. Hisao le voyait tout droit face à la mer, complètement immobile. Il y avait une lumière au-dessus de sa tête, un bateau passait au large. Lorsqu'il revint, il ne restait plus que la peau du poisson. Komura souleva le bois qui avait servi de table et le jeta dans le feu. Cela fit des étincelles, des braises qui volèrent partout, vers le ciel, vers eux. Tout le monde lui en voulut un peu, même Hisao. Il avait eu peur pour sa veste et son pantalon. Mais après, il y eut de belles flammes. Chacun s'assit, mais sans reprendre sa place d'avant le repas. Heureusement Hisao se retrouva près de Keisuke.

Keisuke lui passa la bouteille. Hisao se dit que c'était la solution s'il ne voulait pas que la valise lui tombe dessus. Il espérait qu'elle reste encore un peu dans les ténèbres. Il but, beaucoup. Keisuke lui dit en appuyant d'une main sur la bouteille :

– Hé, tu vas te noyer.

Hisao lui rendit la bouteille. Il n'osa pas le regarder. Il attendit, les coudes sur les genoux. L'alcool agissait. La valise et le cadeau pour Shigeko l'effleurèrent, comme tout à l'heure, mais ne lui firent pas de mal. Le feu lui fit penser à Mme Taïmaki.

Alors l'alcool et la fatigue le couchèrent sur le dos, il roula sur le côté, ramena ses bras et ses jambes et se blottit dans le sable, un peu au chaud, un peu au froid, le ventre plein. Il entendit des sons, des mots, le bois qui craquait. Il eut une pensée pour Shigeko, il entendit encore Keisuke, des sons, la mer, le bois qui craquait. Il se souvint du chien du vieillard. Il serra Mme Taïmaki dans ses bras comme la nuit dernière. Il entendit le bois, la mer, puis plus rien.

Dans la montagne, après que Takeshi eut raconté ce qu'il avait vu dehors, et parlé des bateaux qui étaient partis, ils s'endormirent finalement. Hisao dormit mal, par à-coups. Plusieurs fois Takeshi l'avait senti bouger. À un moment il l'avait vu se dresser sur un coude. En se réveillant, quelques heures plus tard et avant Takeshi, Hisao alla plus vite que d'habitude boire dans les seaux. Il but à grands coups, il se mouilla la tête, la poitrine, il respirait vite. Takeshi l'avait rejoint, et avant de boire, il dit : « Demande à travailler aux wagonnets, porte-toi volontaire, tu verras la lumière du jour, ça te fera du bien, ça m'a fait du bien. » Hisao faisait mine d'y réfléchir. Takeshi but un grand coup et dit : « Tu verras aussi comme on est loin dans la montagne. Et tu ne pourras même pas compter les galeries tellement ils en ont creusé derrière nous. Elles aussi elles nous protégeront. »

Ils finirent de boire, de se laver, et allèrent toucher leur ration de riz et de poisson séché. Ils en mangèrent une partie et retournèrent sur le front de taille. Ils virent les dos couverts de poussière jaune. Ils sentirent la sueur et l'âcre odeur de l'urine. On leur passa les pics et les pelles, sans un mot. Ils creusèrent dans la montagne. C'était le jour, c'était la nuit. Comment le savoir. Ils cognaient, frappaient, la roche éclatait. Ils sentaient les vibrations des manches en bois jusque dans la nuque. Il y avait longtemps que leurs mains ne leur faisaient plus mal. Elles avaient saigné au début, avaient cicatrisé, avaient saigné encore, et finalement étaient devenues fortes. Les muscles de leurs bras s'étaient endurcis aussi. Mais les vibrations transmises par les longs manches en bois jusque dans la nuque, ça, il n'y avait rien pour s'y faire.

Hisao ne se porta pas volontaire au déblaiement, car il croyait Takeshi sur parole qu'ils étaient loin dans la montagne, et que d'innombrables galeries avaient été creusées derrière eux. Mais il avait trop peur de voir de ses propres yeux, la mer sans les bateaux.

Quelque chose lui serrait le cou et le dos. C'était davantage un poids qu'une douleur. Il chercha à s'en défaire et le froid finit de le réveiller. Aussitôt il sentit une présence. Il sentit qu'on était couché contre lui. Il entendait une respiration. Il s'assit dans le sable et reconnut Keisuke grâce à son manteau clair, couché sur le côté, la tête posée sur un sac, un tissu ouaté lui couvrant les épaules. Il chercha où était Komura parmi les corps allongés autour du foyer. Il n'était plus là. Tous avaient leur tête posée sur un sac, et des vêtements déroulés sur eux.

Du feu, il ne restait qu'un tapis rouge sous les cendres. C'est la nuit noire qui lui donnait encore vie. Hisao se leva et s'en approcha. Il avança les mains. Il se souvint de l'alcool de fruits coupé avec de l'eau. Un peu de chaleur passa dans ses mains. Il regarda vers la mer.

Des nuages arrivaient, plus clairs que la mer. Il regarda autour de lui s'il restait du bois. Il n'en vit pas. Il avait froid, dans son dos surtout. L'alcool à présent agissait à l'envers, il lui faisait du mal. Une mâchoire serrait sa tête, et sa bouche réclamait de l'eau.

À nouveau il regarda autour de lui. On lui avait parlé d'un endroit où il y en avait. Qui lui en avait parlé ? Est-ce que c'était vrai, ou était-ce en rêve ? Soudain il s'en souvint, c'était Keisuke. Il lui avait indiqué le ruisseau où il allait se laver.

Au moment où il s'en allait, un des corps endormis se retourna. Il avait la tête enveloppée dans un capuchon en laine, et cette tête invisible se mit à tousser à l'intérieur du capuchon sans pouvoir s'arrêter. Hisao s'éloigna et l'entendit tousser encore longtemps, jusqu'à ce que la distance et le ressac l'étouffent.

Il marchait en zigzag dans les ténèbres sans lune et sans étoiles, afin de trouver le ruisseau. Parfois il s'arrêtait et tendait l'oreille. Il croyait l'entendre, mais c'était le ressac qui le trompait. La soif à présent le mordait, et à cause de cette souffrance, il commençait à penser que peut-être Keisuke lui avait menti. À nouveau il s'arrêta. Il retint sa respiration. Il entendait sur sa droite un bruit mince, clair comme de l'eau. Il se mit à courir dans les herbes pointues, et le bruit de sa course couvrit celui de l'eau. Il enjamba d'étranges bois flottés, faillit trébucher et tomba à genoux devant le ruisseau de Keisuke. Il but dans ses mains, plusieurs fois, reprit sa respiration, et au moment où il plongeait à nouveau ses mains dans l'eau, il entendit qu'on respirait derrière lui. Il se tourna et on le frappa avec une planche sur le haut de la tête. Il cria, lança ses bras en avant, et la planche s'abattit encore et se brisa sur ses bras. Il cria, roula sur le côté, et vit alors la silhouette grise et reconnut le pêcheur de la dorade qui se mit à le frapper sur la tête avec ses poings. Puis il lui tomba dessus et chercha en grognant les poches de sa veste. Hisao gémissait, tentait de se dégager, poussa un cri, et l'autre sauvagement le frappa au visage, plusieurs fois. Soudain, surgissant dans son manteau clair, Keisuke passa un bras autour du cou du pêcheur. Il le renversa, et de toutes ses forces lui lança un coup de pied dans la poitrine, puis un autre, et le pêcheur l'appela par son nom d'une voix qui faisait peur. Mais Keisuke continua à le frapper, et le pêcheur n'eut plus la force de l'appeler, et Keisuke continuait à le frapper, sur la tête à présent. Alors Hisao, se traînant vers Keisuke, saisit sa jambe et la serra contre lui.

– Tu vas le tuer ! gémit-il.

Keisuke poussa un cri, chercha à dégager sa jambe et finalement tomba en arrière. Hisao, tremblant, terrifié, s'assit et se tâta les bras et la tête. Le pêcheur, immobile sur le ventre, gémissait plus bas que l'eau du ruisseau. Keisuke s'était remis debout. Pendant un instant, il les considéra tous les deux, puis il s'en alla en empoignant son sac au passage, et disparut dans l'obscurité. Hisao l'entendit de loin :

— Viens avec moi.

Avant de se relever, Hisao avança sur ses genoux jusqu'au pêcheur qui gémissait toujours, le visage à moitié enfoui dans le sable. Il se pencha et lui dit avec de la colère, avec de la tristesse :

— Pourquoi tu m'as fait ça, maintenant on a mal partout tous les deux.

Il se remit debout et dit avec de la tristesse :

— Dis-moi pourquoi tu m'as fait ça ?

Puis il s'en alla dans la direction d'où Keisuke l'avait appelé. Son bras lui faisait mal, sa tête lui faisait mal. Il passa une main sur sa tête pour voir si elle saignait. Au bout d'un moment il s'arrêta car il n'était plus sûr de la direction. Il appela : « Keisuke ! » Encore une fois : « Keisuke ! » Il entendit :

— Dépêche-toi, il va pleuvoir.

Il courut, et lorsqu'il aperçut Keisuke de loin, il commença à pleuvoir. Ils traversèrent la gare de triage, passèrent entre des wagons, et coururent vers un hangar.

La pluie tapait sur le toit. Elle eut tôt fait de les enfermer avec son bruit assourdissant et son rideau argenté qui tombait du toit. Keisuke alla s'asseoir sur une pile de traverses. Hisao s'accroupit et regarda la nuit derrière le rideau de pluie. Il pensait : « À cette heure-ci, la nuit dernière, je me lavais dans la cour de Mme Taïmaki. Pourquoi je suis là ? » Pour la première fois depuis qu'il avait vu s'éloigner le train avec sa valise, il ressentit un désespoir qu'aucune petite lumière ne venait éclairer, même toute faible, même au loin, à l'autre bout du monde. Ce désespoir-là était sans début, sans fin, c'était un désespoir plus grand que tous ceux qu'il avait ressentis depuis qu'il avait quitté la maison de Mme Taïmaki. Il retenait ses sanglots, à cause de Keisuke. Il leva la tête vers le toit. Avec la pluie qui tombait dessus, Keisuke ne pouvait pas l'entendre, alors il se mit à pleurer, tout haut. Mais depuis la pile de traverses, et malgré l'obscurité, Keisuke aperçut son dos qui se soulevait, et il lui dit :

– Sois un homme.

Hisao se tourna vers Keisuke. Sa colère traversa ses sanglots.

– Qui es-tu, toi, pour me dire d'être un homme ?

– Je suis Keisuke.

– Tu n'es rien pour moi. Je ne t'ai jamais vu avant. Demain je t'aurai oublié, alors ne me parle plus d'être un homme. Et si c'est à toi que je dois ressembler, ça ne me dit rien.

Keisuke s'était dressé de la pile de traverses. Il avançait vers Hisao. Lorsqu'il fut tout près, Hisao lui dit :

– Tu manges dehors, tu dors dehors. Avec ton manteau de femme. Moi j'ai d'autres choses en tête. Est-ce à toi que je dois ressembler ?

Keisuke fit encore deux pas vers Hisao, et d'un coup dans la poitrine, il le poussa. Hisao bascula en arrière et passa à travers le rideau de pluie qui tombait du toit. Il fit plusieurs moulinets avec ses bras pour ne pas perdre l'équilibre. Puis il s'élança en avant pour échapper à la pluie battante, pour retourner sous le hangar. Mais les mains et le regard de Keisuke l'arrêtèrent. Keisuke ne bougeait pas derrière le rideau argenté, seuls son regard et ses mains tremblaient, et il dit :

– Ne reviens pas. Va-t'en.

Hisao était déjà mouillé jusqu'à la peau. Les allusions de Keisuke ne lui faisaient plus mal. Un homme, et alors. Pourquoi en parler ? Qu'est-ce qu'on en sait ? La pluie froide lavait sa colère. Un homme, et alors, comme ça sous la pluie, tremblant, mouillé jusqu'à la peau. Pourquoi en parler ? Et à présent l'eau lui entrait dans la bouche, elle descendait dans son dos, à l'intérieur de son pantalon, et continuait à lui laver sa blessure. Il baissa la tête. Il tremblait de froid. Et Keisuke plus froid que la pluie :

— Va-t'en, je t'ai dit.

— Laisse-moi rentrer. J'en ai assez.

Keisuke le considéra un instant, puis fit demi-tour et retourna s'asseoir sur la pile de traverses. Hisao leva la tête, attendit, Keisuke lui fit un geste. Hisao entra sous le hangar, mais pas loin, à la limite du rideau de pluie.

— Déshabille-toi, tu vas crever.

Dans la montagne de Peleliu, tout le monde savait à présent que les bateaux étaient partis. Les officiers, les soldats, les civils qui amenaient l'eau, tout le monde. Les civils couraient comme des gazelles avec leurs seaux, comme si on les poursuivait.

Ceux qui étaient affectés au déblaiement, lorsqu'ils débouchaient sur le flanc de la montagne, ne regardaient pas la mer. Ils ne guettaient pas l'horizon pour y voir la fumée des navires, mais le ciel, car ils savaient, tout le monde savait, que c'étaient les avions qui viendraient en premier.

Et depuis le départ des bateaux, un drôle de silence régnait dans les galeries. Mis à part les coups de pic. Mais eux, plus personne ne les entendait. Ils faisaient partie de la montagne. Le monde était plein de coups de pic, le jour, la nuit, tout le temps. Mis à part aussi les hommes eux-mêmes, car on ne parlait pas moins depuis le départ des bateaux. Alors finalement ce silence, à bien y penser, ce n'était qu'une impression. Sans doute à cause de la façon que chacun avait de rentrer en soi, de se faire toutes sortes de réflexions. C'était sûrement ça qui provoquait cette impression. Des centaines d'hommes qui réfléchissent en même temps, c'est quelque chose. Et lorsque les générateurs avaient des ratés, lorsque les ampoules électriques baissaient, cette impression de silence était multipliée.

Un soldat de la compagnie avait acheté un petit chat à un des civils qui apportaient l'eau. Il l'emmenait avec lui sur le front de taille. Il le portait dans sa tunique, contre son ventre, ça lui faisait une bosse. Il y dormait bien. Parfois entre deux coups de pic, on l'entendait miauler. De temps en temps après les relèves, Hisao et Takeshi allaient le voir. Ils disaient : « Fais-nous voir. » Le soldat sortait le chaton. Et pas égoïste, il leur tendait. « Qu'est-ce que tu en feras pendant la bataille ? » Le soldat disait : « Vous le savez, vous, qu'il y aura une bataille ? » Hisao et Takeshi ne savaient rien. Mais depuis le temps qu'ils creusaient, depuis si longtemps, il fallait bien qu'à la fin, quelque chose arrive. Le soldat disait : « Peut-être qu'il n'y en aura pas. » Il se mentait. Ou alors il était le seul à Peleliu à le croire. Peut-être que posséder un chat le rendait différent. Ça le rendait optimiste. Hisao et Takeshi se le passaient, il grimpait sur l'épaule, il léchait l'intérieur de l'oreille. Au bout d'un moment, le soldat le reprenait et lui donnait son pouce à sucer. C'était étrange de le voir si heureux avec lui. Les moins optimistes lui disaient : « Toi au moins, si ça dure longtemps, tu auras de quoi bouffer. » Ou alors : « C'est lui qui finira par te bouffer. » Mais la plupart demandaient à le voir, à le toucher, comme Hisao et Takeshi.

Deux ou trois fois, dans la chanson qu'il inventait avant de s'endormir, Takeshi réussit à parler du chaton. Ce fut après l'une de ces fois-là, et après s'être tourné vers Hisao, que Takeshi dit : « Moi tout seul, je n'y arriverai pas. Quand les avions viendront, je n'aurai personne à qui m'accrocher. Sauf à toi. La vie, je ne la connais pas. Mon père, ma mère, je ne les connais pas. Je ne pourrai pas leur parler. Je ne sais pas où ils sont. À quoi m'accrocher ? Je chante des chansons, mais j'ai peur. Mon père, ma mère, je ne sais pas s'ils vivent encore. Comment leur parler ? Restons ensemble quand les avions viendront. Ne l'oublie pas. » Hisao l'avait écouté les yeux fermés. Les rouvrant, il avait ressenti une tristesse, profonde, sincère. Une tristesse comme jamais il n'avait ressenti à part pour lui-même. Et presque en même temps, il s'était senti soulagé d'une partie de sa propre peur. Il avait bredouillé quelque chose de réconfortant, avec maladresse, une chose comme à la vie à la mort. Ils en avaient ri un bon coup et s'étaient endormis.

Le soldat disparut avec son chat quelques jours après. Où, pourquoi, personne ne le sut car il ne revint jamais. Qui avait entraîné l'autre ? Il disparut et ne revint jamais, comme s'il s'était creusé une galerie pour lui tout seul dans la montagne. On le condamna à mort. On fit venir d'autres compagnies que celle d'Hisao et Takeshi. Des compagnies qui creusaient des galeries secondaires, qui construisaient des emplacements pour l'artillerie, qui creusaient des abris pour les officiers, pour les munitions. Ça en faisait du monde, les hommes s'étiraient sans fin dans la galerie principale, bien trop loin pour qu'une voix porte, et que tout le monde entende la sentence. Si bien qu'il fallut se la répéter, afin qu'elle aille jusqu'au bout, jusqu'aux derniers. Si le soldat avait été là, caché, pas loin, il aurait entendu vingt fois, trente fois qu'il était condamné.

Peu de temps après, il y eut un changement dans leur façon d'être approvisionnés. L'eau arriva dans les wagonnets, avec la nourriture, les munitions, les pièces de rechange, l'essence.

Ceux qui les poussaient avaient été les premiers à faire la gueule en revenant de dehors, encore plus que d'habitude, comme si l'eau qu'ils avaient chargée en plus en était la cause. Mais ce n'était pas pour cette raison, non, c'était d'avoir compris avant tout le monde que les civils ne reviendraient pas. Ils étaient là lorsqu'on leur avait dit de déguerpir maintenant, de retourner chez eux avant la bataille. Ils les avaient vus dévaler le flanc de la montagne à toute vitesse, plus vite que pour apporter l'eau au fond des galeries, et ils avaient disparu là-bas dans la forêt.

Un autre changement survint, un détail, pas grand-chose. De nouvelles caisses apparurent, en carton, pas très grandes, rangées parmi celles en bois des munitions, de la nourriture, des pièces de rechange. C'étaient des bougies. Pour quoi faire, sûrement pas pour creuser à la bougie. Alors pour quoi faire ? Pour remplacer les générateurs, bien sûr, mais combien en faudrait-il pour éclairer les galeries les abris les salles de transmissions. Et combien de temps pour les allumer ? Hisao et Takeshi s'en prirent une chacun, comme ça, parce qu'elles étaient là et que chaque fois que quelque chose était là, il fallait se servir, par principe. Tôt ou tard on en trouverait une utilité personnelle. Ils les cachèrent dans un coin, sous une pierre, près de l'endroit où ils dormaient.

Depuis que Takeshi lui avait parlé pour trouver du réconfort, et qu'il lui avait répondu maladroitement à la vie à la mort, Hisao se sentait toujours soulagé d'une partie de sa propre peur. Mais devait-il poser des questions à Takeshi à propos de son père, de sa mère ? Est-ce que Takeshi les attendait ? Ou est-ce qu'il devait, lui, attendre que Takeshi à nouveau lui en parle ? Est-ce que le bon moment pour lui poser les questions serait d'attendre la fin de la chanson ?

Hisao écoutait la fin de la chanson et guettait ensuite le regard de Takeshi. Mais il avait un bon regard, fatigué bien sûr, comme le sien. Il ne semblait pas attendre qu'Hisao le questionne à propos de ses parents. Alors ensuite : « Dors bien. Ne t'en fais pas. » Qui avait parlé ? « Toi aussi. » Alors qui avait parlé ?

La pluie tombait sur le toit du hangar. Hisao attendait, tremblant de froid, gémissant. Assis au fond sur la pile de traverses, Keisuke répéta :

– Qu'est-ce que tu attends ? Déshabille-toi. Tu vas crever.

Hisao lança en claquant des dents :

– Je me déshabille, et après !

Keisuke saisit son sac, l'ouvrit et sortit des vêtements. Hisao se déshabilla, retira tout sauf son caleçon, s'approcha de Keisuke, et lorsqu'il vit de près les vêtements qu'il lui tendait, il eut un mouvement, une sorte de frisson, pas de froid, mais de surprise, une surprise sans mots, et tout de suite après, la tête lui tourna, car mille choses entraient dedans. Et le rire de Keisuke, joyeux, passait à travers toutes ces choses. Il dit sans s'arrêter de rire :

– Ne t'en fais pas. Je te comprends. Je l'ai gardé, et à moi aussi il me fait de l'effet. Je le mets seulement quand je ne peux pas faire autrement.

Hisao, nu à part son caleçon, regardait l'uniforme que Keisuke lui tendait, il ne pouvait le quitter des yeux, comme s'il y avait eu un fantôme à l'intérieur. Keisuke le lui tendit un peu plus en l'agitant.

– Toi non plus tu ne pourras pas faire autrement. Sinon tu vas crever.

Hisao posa ses vêtements sur les traverses, saisit la chemise, la veste et le pantalon d'uniforme, attendit, retourné déjà, rien qu'au toucher. Et puis le froid lui fit tout oublier. Il s'habilla, enfila le pantalon, puis la chemise et la veste, et lorsqu'il eut fini, le plus troublant, ce fut l'impression de bien-être qu'il ressentit, car la chaleur était revenue. Comme si un fantôme avait ce pouvoir. Keisuke avait cessé de rire, il était tout près de lui parler, avec encore un sourire aux lèvres, mais Hisao lui dit à voix basse :

– Attends, ne parle pas. Ne me dis rien.

Il remit ses chaussures, étendit ses vêtements sur les traverses et s'assit à côté de Keisuke. Il ne bougeait pas afin de sentir le moins possible l'uniforme. Au bout d'un moment il murmura :

– Rien ne va depuis ce matin, tout va à l'envers.

Il avança les bras vers Keisuke, afin de lui montrer l'uniforme.

– Regarde comme ça va à l'envers, j'ai l'impression de tout recommencer. Je repars à l'armée.

– Tu étais mouillé, tu t'es changé. Ne cherche pas plus loin.

Sans se soucier que Keisuke ne connût pas Mme Taïmaki, Hisao dit :

– Cette nuit, je serrais Mme Taïmaki dans mes bras, je lui disais adieu. Ce n'est pas loin cette nuit. C'était hier. Comme ça va vite. Un jour et ~'est déjà fini. Maudit soit ce jour-là.

Keisuke dit d'une voix légère :

– Tu sais, moi, combien de jours je maudis ?

– Non.

– Plus d'un, répondit Keisuke, toujours d'une voix légère.

Ensuite ils fixèrent le rideau qui tombait du toit, plus transparent à présent, car la pluie avait commencé à baisser. Hisao, tout près de Keisuke, presque à le toucher, songeait : « Si tu avais été dans la montagne avec moi, je t'aurais sûrement aimé comme j'ai aimé Takeshi. » Ils continuaient à garder le silence. Hisao se sentait un peu moins mal dans l'uniforme. Il parvenait à se dire que c'était celui de Keisuke, et pas le sien. Il se passa une main sur la tête. Il ne saignait pas, mais il avait encore mal là où le pêcheur l'avait frappé avec la planche.

Tout d'un coup, il songea qu'il n'avait pas rêvé à la bataille cette nuit. La montagne ne s'était pas soulevée. Il n'avait pas crié en rêve, et n'avait pas pleuré de vraies larmes. Personne n'était venu lui rire dans les oreilles. « Tant mieux, c'est le temps qui a manqué. Je n'ai pas dormi assez longtemps. Tu parles d'une nuit. » Ses yeux lui piquaient. Il les ferma un moment. Il était fatigué, mais au moins il n'avait pas souffert cette nuit. Sauf que Takeshi non plus n'était pas venu. Il ne s'était pas assis à côté de lui. Il ne l'avait pas entendu chanter. Il regarda dehors. La pluie avait cessé. Il vit des étoiles. « L'aube est encore loin, mais la nuit est finie pour moi. » Il se leva et retourna ses vêtements sur les traverses. Comment allaient-ils sécher ? Puis il revint s'asseoir.

Keisuke commençait à s'assoupir, il tenait sa tête dans ses paumes. Hisao eut soudain un instant d'hésitation, il réfléchit comme s'il avait oublié quelque chose. Puis ça lui revint.

– Komura, où est-il ?

Keisuke sursauta.

– Komura dort chez lui. Mais sa femme n'en veut plus. Il est marié, mais il dort dans un coin.

– Pourquoi ?

Keisuke haussa les épaules. Hisao demanda :

– Et toi, tu n'es pas marié ?

– Pour quoi faire ?

– Pour être heureux.

– Des fois, je suis heureux.

– Moi je vais me marier avec Shigeko. Dans la valise que j'ai perdue, il y a son cadeau. Le reste, mes affaires, ça m'est égal. C'est après le cadeau que je cours.

Il attendit que Keisuke le questionne plus avant à propos du cadeau. Keisuke demanda :

– Où vas-tu te marier, je ne me souviens plus. Tu me l'as dit, mais je l'ai oublié.

– Sur Hokkaidō.

– Oui, c'est toi qui vas prendre le bateau.

Keisuke avait de petits mouvements de la tête, faisant semblant d'être apeuré. Hisao demanda :

– Dis-moi pourquoi on coulerait ? Shigeko m'attend. On ne coulera pas.

Keisuke le fixa un instant. Puis, d'une voix légère :

– Si j'ai coulé un jour, c'est peut-être que moi, personne ne m'attendait.

Il l'avait dit légèrement. Cependant Hisao regretta d'avoir parlé de Shigeko. « Comment revenir en arrière ? C'est trop tard. » Keisuke se leva et alla voir le ciel dehors. Il revint, son manteau lui battait les jambes. Il saisit son sac et dit :

– Viens !

– Pourquoi ? demanda Hisao.

– Pour nous en aller d'ici.

D'une main, il balaya le hangar.

— Regarde, on n'a pas le moral ici.

— Et toi aussi, regarde ! dit Hisao en ouvrant les bras afin de bien lui montrer l'uniforme.

— Quoi ? demanda Keisuke.

— Je ne peux pas retourner dehors comme ça.

— Qui te verra ? Tu ne ressembles à personne.

Hisao se leva des traverses, prit ses vêtements et les plia. Keisuke l'observait, il retenait un sourire, mais ses yeux le trahissaient. Ils quittèrent le hangar. La lune éclairait ce qu'il restait des nuages et faisait briller les rails et les flaques d'eau qu'ils enjambaient.

Ils remontaient des rues sombres, étroites, et parfois une lumière, mais jamais un bruit. Entre les maisons là-haut, seul le ciel à présent plein d'étoiles les éclairait. Hisao marchait légèrement en retrait de Keisuke. Et dans l'uniforme de Keisuke, chacun de ses pas, de ses mouvements, était presque celui d'un autre. Seuls ses vêtements mouillés sous le bras et ses chaussures lui rappelaient qu'il était toujours lui, Hisao. Mais pas suffisamment pour marcher derrière Keisuke d'un pas tranquille. Et comme il y avait un moment déjà qu'ils avaient quitté le hangar et semblaient marcher au hasard, Hisao se dit que Keisuke ne pensait plus à lui, qu'il l'avait oublié. Il se dit : « Est-ce qu'on va marcher comme ça jusqu'à l'aube ? »

— Keisuke !

Keisuke se tourna rapidement. Hisao fit des grands pas. Il le rattrapa.

– Où va-t-on ?

– Sécher tes vêtements. Pour que tu me rendes les miens. Je n'ai pas envie de t'avoir sur le dos toute la journée.

Hisao songea : « Sécher mes vêtements. Où ça ? En pleine nuit. » Puis il songea soudain, en devinant l'heure dans le ciel, que s'il n'avait pas laissé partir le train avec sa valise, c'est sur l'eau qu'il serait à cette heure-là, sur le bateau qui allait vers Hokkaidō. Et pas dans ces rues étroites, obscures, marchant sans savoir où derrière Keisuke.

Ils débouchèrent sur une place. Sur cette place, il y avait trois saules. Keisuke se dirigea vers le premier. Hisao pensa qu'il allait devoir étendre ses vêtements aux branches de ce saule-là. Il se dit : « Ainsi, depuis que nous avons quitté le hangar, c'est là que Keisuke m'emmène. C'est vraiment très étrange d'avoir marché si longtemps vers un arbre. » Il voulut dire : « Tu te moques de moi, Keisuke, pourquoi ? » Mais Keisuke ne fit qu'uriner au pied du saule. Ils repartirent, passèrent un pont, et de l'autre côté il y avait de grands bâtiments blancs.

– Dis donc, où va-t-on ?

– Au chaud, tu verras.

Ils s'approchaient des bâtiments. Ils traversèrent la route, et en apercevant le soldat étranger vers qui ils allaient tout droit, Hisao dit du bout des lèvres :

– Keisuke.

Le soldat en faction les considéra, comme ça, rapidement, lorsqu'ils passèrent à côté de lui. Puis Keisuke poussa une porte. Ils entrèrent dans une grande pièce avec trois lits de camp contre les murs et un poêle au centre, un haut poêle à charbon. Les trois lits de camp étaient occupés par des soldats blancs tout habillés et chaussés. Un dormait tourné vers le mur, le deuxième dormait sur le ventre, et le troisième regardait le plafond, un livre fermé sur la poitrine. Il tourna la tête vers Keisuke, dévisagea Hisao un instant, puis son regard repartit vers le plafond.

– Prends une chaise, dit Keisuke, étends tes vêtements.

Hisao, debout à côté du poêle, ne bougeait pas. Keisuke ouvrit un placard, ôta son manteau et l'y suspendit. Il prit un seau, une brosse, et en se dirigeant vers la porte, il dit en riant :

– Étends tes vêtements, tout va bien.

Puis il sortit. Hisao se retrouva seul. Quelle blague lui avait jouée Keisuke ? L'emmener chez les soldats étrangers. Deux dormaient, un regardait le plafond. Il attendit un moment. C'était la première fois qu'il en voyait dormir. Puis il prit une chaise, l'approcha du poêle et étendit ses vêtements sur le dossier. Ensuite, ne sachant pas quoi faire, il s'assit sur la chaise. Il faisait face au soldat qui regardait le plafond et ne lui prêtait aucune attention. Il le fixa, longtemps. Parce qu'il faisait chaud, que rien n'était vrai et qu'il était fatigué, il le fixa et son esprit s'en alla. « Si ça avait été toi dans la montagne qui m'avais donné à boire, au moins je n'aurais pas perdu ma valise pour rien. Je l'aurais perdue pour te retrouver. Tout ça aurait eu un sens. Pourquoi ce n'est pas toi ? Je pourrais te demander pourquoi tu viens la nuit me rire encore dans les oreilles. Si c'était toi, je n'aurais pas marché dans la merde pour rien. » Son esprit était parti si loin, qu'il sursauta lorsque Keisuke rentra avec le seau plein d'eau fumante. Aussitôt il en vida sur le sol et commença à frotter. Hisao se leva de la chaise et alla se mettre dans un coin pour ne pas le gêner. Il s'accroupit et s'assit sur les talons.

Keisuke y allait de bon cœur avec la brosse. Il frottait comme si ça avait été chez lui. Il lavait même sous les lits de camp. Hisao baissa la tête et ferma les yeux. Il entendait Keisuke travailler. Il entendait la brosse sur le sol, parfois un bruit d'eau, et le souffle de Keisuke.

Lorsqu'il se réveilla, Keisuke avait fini et tout avait séché. Il était assis sur la chaise près du poêle et somnolait. Le soldat qui regardait le plafond s'était tourné vers le mur. Les trois soldats dormaient tous à présent. Rien ne bougeait, on n'entendait rien. À part le feu dans le poêle. Hisao demeura encore un moment sur les talons. D'avoir dormi lui avait fait du bien. Il sentit lui venir de nouvelles forces. Il se leva, s'approcha du seau, prit de l'eau dans sa main, la sentit et en mit un peu sur sa langue. Ensuite seulement il s'abreuva. Après quoi il ôta l'uniforme de Keisuke et le plia. Il alla vers la chaise, prit ses vêtements secs, posa l'uniforme à la place, et commença à s'habiller. Sans soulever la tête, sans ouvrir les yeux, Keisuke lui murmura :

– Comment est-ce que tu t'appelles ?

– Hisao Kikuchi.

Keisuke fit un léger mouvement avec la tête. Hisao finit de s'habiller, puis il demanda, lui aussi dans un murmure :

– Ne bouge pas, Keisuke. Dis-moi seulement où trouver la route d'Aomori.

Sans bouger la tête, les yeux toujours clos, Keisuke lui répondit :

– C'est là, pas loin, continue de longer les bâtiments et tu la verras.

Keisuke était presque endormi, il respirait lentement, il reposait ses mains sur son ventre. Hisao se pencha, en prit une et la serra dans les siennes. Il sentit les doigts de Keisuke lui répondre. Alors délicatement il lui reposa la main sur son ventre, le regarda encore un moment dans son sommeil et s'en alla.

Dehors, le ciel était lumineux, il commençait à faire jour. Ciel d'automne, froid d'automne. Hisao se mit à courir le long des bâtiments. Lorsqu'il aperçut la route d'Aomori, il ralentit, passa sous des arbres en partie dénudés et commença déjà à se souvenir de Keisuke.

Hisao et Takeshi dormaient lorsqu'on arrêta de creuser dans la montagne. C'est en allant vers les seaux pour boire, pour se laver, au réveil, qu'Hisao sentit que quelque chose n'allait pas. Soudain il fit demi-tour et revint vite vers Takeshi pour le réveiller. Takeshi avait déjà ouvert les yeux et l'attendait. Hisao dit : « C'est fini. Nous, on dormait. » Sans le vouloir, il avait parlé à voix basse. « On entendra mieux arriver les avions », dit Takeshi pour rire, et à voix basse lui aussi. C'est qu'ils ne connaissaient que le bruit des pelles et des pics. Ils n'osaient pas parler fort. Ils avaient l'habitude du bruit. Ce qu'ils formaient tous les deux était né dans la montagne, dans un ventre sombre et plein du travail des pics et des pelles. Et voilà qu'ils se réveillaient dans un monde sans bruit, et, ils s'en aperçurent en même temps, dans un air nouveau. Car la poussière jaune des derniers coups de pic était retombée tandis qu'ils dormaient. C'était toujours la même lumière pâle que les générateurs leur envoyaient, mais l'air leur paraissait à présent transparent.

Ils restèrent là un moment, malgré leur envie d'aller boire, ne trouvant rien à dire de plus, et ceux qui dormaient autour d'eux, s'ils rêvaient, c'était encore dans le bruit et la poussière.

Ils attendaient, et Hisao prenait dans sa main de la poussière, et la faisait retomber, provoquant un léger nuage jaune. Takeshi demanda, avec un sourire : « Ça te manque déjà ? » Hisao se rendit compte de ce qu'il faisait, et s'arrêta. Un à un les hommes autour d'eux se réveillaient, s'asseyaient, se redressaient, mais ne s'apercevaient pas tous avec la même rapidité de ce qui avait changé. Parfois certains regardaient Hisao et Takeshi, comme s'ils allaient leur donner une réponse. Quelqu'un demanda : « Pourquoi on s'arrête, pourquoi on ne creuse plus ? » Quelqu'un dit : « On n'est plus payés. » Il y eut une rumeur, chacun riait doucement.

Un convoi de wagonnets arrivait. Et pour la première fois, on l'entendait avant de le voir, il grinçait, il faisait vibrer les rails. Lorsqu'il apparut, tout le monde le regarda passer. Les hommes qui le poussaient, ignorant le bruit qu'ils provoquaient, ne comprirent pas pour quelle raison on les regardait. Quelqu'un leur demanda : « D'où vous venez, ils ont arrêté le creusement aussi ? » Ceux qui poussaient les wagonnets répondirent : « Partout on l'a arrêté. Il n'y a que nous qui travaillons. » Un autre demanda : « Et dehors, c'est le jour ou c'est la nuit ? »

Hisao et Takeshi allèrent boire et se laver. Il y avait devant les seaux plus d'hommes que d'habitude, et pas un parmi eux qui semblait heureux de ne plus travailler. Tant qu'on creusait, qu'on travaillait, l'ennemi était encore loin. Les pics et les pelles, c'était pour la montagne, pas pour l'ennemi.

Après avoir bu et s'être lavés, Hisao et Takeshi se rendirent jusqu'au front de taille, voir comme ça à quoi il ressemblait sans eux, sans plus personne travaillant épaule contre épaule. C'était un endroit étrange à présent. On l'avait connu bruyant, plein d'odeurs et de poussière. Une autre chose les surprit aussi. On ne l'avait pas abandonné à la va-vite. Les outils étaient rangés dans des caisses, et sur le sol, on avait déblayé les gravats, comme un chantier qu'on aurait repris plus tard. Takeshi colla une oreille au mur de roche, faisant mine d'entendre quelque chose, la mer ou le vent, de ce côté-là de la montagne.

En attendant l'appel, ils restèrent là, ils s'assirent, et Takeshi dit en plaisantant que sa chanson, avec ce silence maintenant, tout le monde allait l'entendre. Hisao ne comprit pas tout de suite qu'il s'agissait d'une plaisanterie. C'est que dehors, il y avait la mer sans les bateaux, et ici les outils bien rangés. Il y avait les civils qui étaient repartis chez eux en courant, et les caisses de bougies. Il y avait bien trop de choses nouvelles pour se sentir assez tranquille et comprendre du premier coup les plaisanteries.

Hisao demanda : « Qu'est-ce qu'ils ont répondu tout à l'heure, ceux qui revenaient du dehors. C'est le jour ou c'est la nuit ? » Takeshi essaya de s'en souvenir. « Je crois qu'ils n'ont rien dit. »

Maintenant qu'ils n'étaient plus occupés au creusement, on les rassemblait toutes les heures. On leur lisait des choses sur la Patrie et sur le devoir, et ça ressemblait à ce qu'Hisao et Takeshi s'étaient déjà dit pour eux-mêmes, une fois, après la chanson de Takeshi, quelque chose comme à la vie à la mort, sauf que là tout le monde était concerné. Ils en avaient été troublés, ils en avaient parlé : « Est-ce que ça peut marcher pour tout le monde ? » On leur avait remis leur équipement complet, et il y avait même une pelle portative, comme s'ils n'avaient pas assez creusé déjà. On leur avait distribué des rations et des munitions pour les fusils, beaucoup de munitions. À présent ils dormaient, le fusil à leur côté. Lorsque avant de s'endormir Takeshi chantait, Hisao l'écoutait avec la nostalgie du temps où ils creusaient encore. Il songeait : « C'était

94

hier, mais si seulement on y était encore. J'avais moins peur. » Ensuite il songeait : « Et quand la bataille commencera, j'aurai la nostalgie de maintenant. » Puis après, malgré lui, malgré qu'il ne voulût pas y penser, il songeait : « Et quand la bataille sera finie, est-ce que je serai encore vivant pour éprouver quelque chose ? »

Takeshi inventait ses chansons avec des riens, des choses simples. Elles parlaient de moins en moins de leur vie dans la montagne. Hisao était ému par le don qu'il avait. Et il s'avéra que la plaisanterie que Takeshi avait faite n'en était pas une finalement. Sans le bruit des pics et des pelles, il devait effectivement chanter plus bas qu'avant, presque à l'oreille d'Hisao, s'il ne voulait pas que d'autres l'entendent.

Il n'était jamais question d'amour dans ses chansons. Une seule fois Hisao aborda ce sujet. Il demanda : « Et des chansons d'amour, tu n'en connais pas ? » Takeshi répondit : « Non. » Hisao demanda : « Tu ne peux pas en inventer ? » Takeshi répondit : « Peut-être que je pourrais, mais je n'y connais rien. Et toi ? » Hisao lui dit la vérité : « J'ai des idées, comme ça, mais pas plus. Mais toi, quand tu en sauras plus, tu t'en serviras. Tu as un don. »

Souvent lorsqu'il se réveillait, Hisao se dressait et jetait un œil autour de lui, sur les hommes endormis. Parce que s'il comptait sur Takeshi, s'il avait besoin de lui, il comptait aussi sur tous les autres, mais pour d'autres raisons. Il comptait sur leur nombre et la force physique qu'ils représentaient. Il les observait, se rassurait, et comme presque tous avaient la même attitude dans leur sommeil, il songeait qu'il y a beaucoup moins de façons de dormir que de vivre éveillé. Il arrivait qu'au même moment un autre soit réveillé et regarde autour de lui pour se rassurer. Leurs regards se croisaient, et chacun semblait dire à l'autre : « Toi je ne t'ai jamais parlé, mais ne sois pas gêné, moi aussi j'ai peur. » Et dans un coin, là-bas, les officiers étudiaient une carte à la lueur d'une bougie. Hisao se souvenait des caisses de bougies qu'on avait amenées. Il se rallongeait et cherchait le sommeil. Combien de bougies dans une caisse ? De quoi éclairer les cartes une éternité.

Lorsque s'arrêtèrent les convois de wagonnets, ce fut comme une porte qu'on refermait sur la montagne. Plus personne en revenant du dehors ne pouvait leur dire si c'était le jour ou la nuit, ou si par chance les bateaux étaient revenus. Cette porte symbolique, Takeshi s'en servit dans l'une de ses chansons, il la dressa sur le sommet d'une colline, elle ne servait à rien, et on pouvait comme on voulait passer par-dessus. Ne l'ayant pas comprise, Hisao secouait la tête. Takeshi la lui rechanta.

Il y eut un coup de vent sur la route. Des arbres sous lesquels Hisao passait, des feuilles rouges, jaunes, blanches, s'envolèrent par milliers. Lorsque le vent fut parti, elles retombèrent partout autour de lui, et certaines se posaient sur lui. Sans s'arrêter de marcher il leva la tête et ouvrit les bras. Il ressentait presque de la joie à voir ainsi quelques feuilles se poser sur ses bras, ses épaules. Il y en avait tant encore dans le ciel qu'elles tombaient comme pluie. Et comme il arrivait parfois, il songea à Takeshi sans chagrin, il songea au don qu'il avait et lui dit avec joie : « Quelle chanson tu aurais faite avec ça ! Quelle chance pour toi ! » Au bout d'un moment cette pluie cessa. Toutes les feuilles étaient retombées, sauf une qui était restée dans un pli de sa veste. Il la saisit et la mit dans sa poche.

Il y avait de nombreux trous sur la route, ils étaient pleins d'eau de pluie. « J'aimerais bien que ce soit comme ça jusqu'à Aomori. Ça en fait de l'eau. Je n'aurais plus à m'en soucier. Si c'est comme ça tout le temps, pas une seule fois aujourd'hui j'aurai peur de mourir. » Tout en se parlant, il frissonna. C'est qu'il faisait froid. Le ciel était clair, mais le soleil où était-il, à gauche vers la mer, devant ou derrière lui ? Il frissonna plus fort et se mit à courir pour se réchauffer. Il pensa, pour rire : « J'arriverai plus vite à Aomori. »

Mais assez vite il s'arrêta tout essoufflé, s'approcha d'un trou, s'accroupit et s'abreuva de l'eau de pluie. Ensuite il attendit. En courant il avait beaucoup pensé à la valise et au cadeau pour Shigeko. Il était entré cent fois dans la gare d'Aomori. Certaines fois, le préposé lui tendait sa valise, et d'autres, non. En sorte qu'il ne savait pas s'il devait maudire le voleur de sa valise, ou bénir celui qui l'avait déposée aux bureaux de la gare. Quand un long moment fut passé, il se remit debout, et, promenant son regard sur la route déserte, il se dit : « La journée va être longue. Ne te laisse pas aller au désespoir. En tout cas ne maudis personne, ça pourrait te porter malheur. »

Il repartit. Il alternait la marche et la course. Il vit le soleil apparaître. Il vit de grands oiseaux. Le ciel était dégagé. Parfois il lui semblait entendre la mer. Ou bien était-ce le vent qui, après avoir dénudé les arbres ici, continuait à souffler plus loin. Il y avait tellement de trous sur la route maintenant que, lorsqu'il courait, il ne pensait qu'à faire attention où il posait les pieds.

Le soleil montait, il l'avait dans les yeux, il était éblouissant. Mais pour le réchauffer, il était encore trop bas. Et c'était fini à présent d'alterner la course et la marche. Comme c'était épuisant au bout d'un moment. Il trouva une allure entre les deux, songeant pour se donner du courage que, dans une heure, deux heures, quand le soleil aurait monté, il cesserait d'avoir froid, et que, si cette nuit il avait plu jusqu'à Aomori, il n'aurait pas à craindre aujourd'hui de manquer d'eau.

Il allait à cette bonne allure, et les pensées lui venaient les unes après les autres. Il avait du mal à les creuser tellement il en arrivait. Jusqu'au moment où il décida de n'en garder qu'une. Une qui lui ferait du bien. Il songea : « Je voudrais me souvenir de la chanson des bougies. Takeshi, donne-moi un coup de main pour ça aussi. Il y a longtemps que je la cherche. Je serais bien heureux, aujourd'hui, de la retrouver. » Cette chanson des bougies, elle était bien quelque part. Il cherchait à s'en souvenir depuis qu'il avait quitté l'île de Peleliu. Parfois, il craignait qu'elle fût restée là-bas pour toujours. Comme si la montagne, après s'être soulevée, était retombée dessus et l'avait enfouie elle aussi. Peut-être que là où elle était, était aussi l'âme de Takeshi.

Le soleil était monté. Il faisait moins froid. Hisao s'abreuvait, accroupi sur la route. Il entendit un ronflement. Il se retourna. Un camion cahotait dans les trous, venant vers lui, et lorsqu'il fut tout près, il s'écarta pour le laisser passer. Le conducteur lui jeta un regard. Le camion s'éloigna, faisant jaillir des gerbes d'eau lorsque ses roues tombaient dans un trou. Il fit encore cent mètres et s'arrêta. Hisao en eut un espoir, mais il le retint aussitôt. Il devait s'en méfier, comme du désespoir. Puis du camion une main jaillit. Alors il se mit à courir.

L'homme au volant avait baissé sa vitre.

– Où est-ce que tu vas ?

– Aomori.

– Monte ! Moi aussi j'y vais.

Hisao fit le tour du camion avec l'envie de crier, c'était là dans sa gorge, prêt à sortir. Il ouvrit la portière et grimpa. Il lança sa main par-dessus un jeune garçon endormi, et le conducteur lui tendit la sienne. Hisao la serra avec chaleur.

– Je te remercie. Tu ne peux pas t'imaginer combien.

Le conducteur lui fit un clin d'œil, reprit sa main, et le camion repartit. Hisao l'observa s'occuper du volant, des vitesses, faire ce qu'il y avait à faire, et chacun de ses gestes lui sem-blait précis, sacré, tandis que les arbres défilaient de plus en plus vite. Quand toutes les vitesses furent passées, et que les arbres à présent s'en allaient régulièrement, il jeta un regard au jeune garçon endormi à côté de lui, et dit à voix basse :

– Il ne m'a pas entendu monter.

Le conducteur demanda :

– Qu'est-ce que tu vas y faire, à Aomori ?

– J'ai oublié ma valise dans le train, c'est là-bas qu'il s'arrête. Avec toi je gagne deux jours. J'en avais besoin.

Le conducteur fit un tout petit geste de la main. Hisao demanda :

– Et toi, qu'est-ce que tu vas y faire ?

Le conducteur pencha la tête vers le garçon.

– De temps en temps il me faut l'y emmener. Ça me prend un jour et une nuit. Ça m'emmerde.

Cela dit, il grogna car il n'avait pu éviter un large trou sur la route. Le camion avait eu l'air de se briser. Ensuite il poussa un soupir. Hisao n'osa pas lui demander pour quelle raison il emmenait le garçon à Aomori. Le conducteur dit comme à lui-même :

– Un jour et une nuit que ça me prend. Et pour quoi faire ?

Il poussa encore un soupir, profond, plein d'amertume. Un pli sur les joues lui durcit les traits. Hisao jeta un regard au garçon comme s'il pouvait lire sur son visage le sens de tout cela. Il remarqua sa bouche entrouverte, ses yeux fermés et une mèche de cheveux noués. Et il n'y avait rien que cela. Une bouche entrouverte, des yeux fermés, et des cheveux emmêlés, et, le touchant par la hanche, le conducteur aux traits durcis qui s'appelait Miyake Shimao, et qui, lorsque le garçon n'en pouvait plus de tristesse, se rendait à Aomori afin qu'il voie sa mère, et jamais plus d'une heure. Ils rentraient de nuit, et, sur la route, le camion menaçait de se briser en passant dans les trous. La nuit, c'était plus difficile encore de les éviter.

Hisao continuait de jeter des regards au garçon, puis à la route. La chaleur de la cabine commençait à l'engourdir. Miyake Shimao dit :

– Moi mon travail consiste à livrer le sable. Ce camion m'appartient. Mais à la place du sable aujourd'hui, je l'ai lui, tu as vu, et ça me prend un jour et une nuit. Je perds de l'argent. Pour quoi faire ? Son père est mort, et sa mère dis donc, je ne sais même pas si ça lui fait plaisir que je fasse tout ça. Elle lui frotte la tête comme si c'était un chien, et lui il est comme un chien alors. Ce n'est pas beau à voir. Je détourne les yeux. Qu'est-ce que je peux faire ?

Tandis que Miyake lui parlait, Hisao pour ainsi dire surveillait le garçon, craignant qu'il se réveille et entende Miyake le comparer à un animal, à un chien.

– Quand on rentre la nuit, je pense que je ne l'emmènerai plus à Aomori. Mais dans le fond je me mens. Quand il n'en pourra plus, on y retournera. Et pour quoi faire, pour qu'il redevienne un chien ? Ça me fait mal au cœur pour lui et je perds de l'argent. Un jour, je casserai mes roues. Je devrais dire à sa mère : « Ça suffit embrasse-le au moins comme un être humain, que je ne roule pas un jour et une nuit pour rien. Et donne-lui des petits gâteaux pour le retour, donne-lui quelque chose que tu aurais préparé pour lui. » Voilà ce que je devrais faire. Mais je ne parle pas, je détourne les yeux et ça me fait mal au cœur. Je manque de volonté.

Il se tut et garda le silence un long moment. Hisao continuait à jeter des regards au garçon et à ses cheveux noués. Puis Miyake Shimao dit sans plus d'amertume :

– Je pense à son père. Je lui dois ça. Mais c'est difficile à vivre.

Hisao hésita, puis demanda :

– Qu'est-ce qu'il est ?

– Qui ?

– Son père, pour toi ?

– Mon frère, fit Miyake comme ça, sans se préparer, s'imaginant avoir assez de force pour le dire.

Sauf qu'après l'avoir dit, il ne fit plus attention à la route, et les roues en tombant dans les trous les secouaient tous. Hisao n'osa plus regarder ni Miyake ni le garçon. Maintenant il ne fixait que la route, apercevant du coin de l'œil les gerbes d'eau que les roues projetaient en tombant dans les trous.

– Moi aussi je pleure sur quelqu'un, dit-il au bout d'un moment. Mais fais attention, tu vas casser ton camion.

Miyake se tourna vers lui, et ensuite tout doucement parvint à retrouver ses gestes et sa volonté, et guida à nouveau le camion entre les trous.

Dans la montagne, c'est le sergent Tappei qui les mena à leur poste pour la bataille. Ils étaient dix, y compris le sergent. Chacun portait son eau et ses rations pour deux jours. Ils passèrent par des galeries des caches des salles des escaliers. Tout un monde avait été creusé dans la pierre jaune. Il était plein de caisses, de générateurs, de réservoirs d'eau. Il était peuplé d'innombrables détachements, courant comme eux vers la bataille.

Mais ces salles ces galeries ces escaliers, quel travail, songeait Hisao. Si l'ennemi parvenait à entrer dans la montagne, il se perdrait. Mais eux aussi, s'il n'y avait pas eu le sergent Tappei, ils se seraient perdus. Il les guidait à droite, à gauche, dans tous les sens, comme si lui-même, de ce monde, en avait fait les plans. À la fin, ils passèrent à quatre pattes dans un long boyau obscur. Tout ce qu'ils portaient sur eux s'accrochait. Ils se baissaient davantage, ça s'accrochait encore. Les fusils, les bidons, les pelles. Ils débouchèrent dans une salle basse, fermée par une porte épaisse, à travers laquelle, entre deux planches, des rais de lumière passaient. Leur surprise fut grande. C'est la lumière du jour qu'ils voyaient. La première depuis longtemps.

Le sergent Tappei dit : « Asseyez-vous, c'est ici. » Ils s'assirent, le dos à la paroi. Le sergent Tappei resta debout. « Derrière moi, il y a un canon, si l'ennemi l'attaque, nous ouvrirons la porte et le défendrons. » Cela dit, il s'assit à son tour, contre la porte, et du regard sembla faire le compte de ses hommes. Il était le plus âgé d'entre eux. On lui donnait vingt-cinq ans. Il était devenu sergent pendant le creusement. Il dit, bien que personne ne parlât : « Taisez-vous, qu'on entende la mer. » Malgré le peu de lumière, on lui vit un sourire. Alors on comprit que c'était pour remonter le moral, qu'il l'avait dit. Car à présent il n'y avait plus que cette porte pour les protéger des avions.

Hisao et Takeshi avaient ramené leurs jambes sous eux et posé la nuque contre la paroi. Parfois ils se jetaient un regard. Parfois on entendait un murmure derrière la porte, malgré son épaisseur. Les servants du canon se parlaient. Mais on ne comprenait pas un mot. Le temps avançait et les rais de lumière changeaient d'angle et de couleur. On commença à ouvrir les bidons d'eau. Le sergent Tappei dit : « Buvez pas pour rien. Des petits coups. » Ensuite il dit : « Le premier qui pisse ici ! » Après un moment on entendit : « Où alors ? » Tappei répondit : « Faudra repasser par le boyau. » On but des tout petits coups. Personne ne voulait y retourner de sitôt dans le boyau.

Puis les rais de lumière grimpèrent vers le plafond et s'éteignirent. La nuit arriva. Le sergent Tappei alluma une bougie. Derrière la porte, ils entendirent les servants du canon se chuchoter des choses, encore plus bas que lorsqu'il faisait jour. Tappei dit : « Dormez maintenant. Qu'est-ce qu'on peut faire ? » Chacun s'allongea où il était.

Ils étaient si serrés, si près les uns des autres, que Takeshi ne chanta pas pour Hisao. Il lui murmura pour plaisanter : « Si les bateaux reviennent, d'ici on les entendra. » Ensuite presque plus rien, des petits frottements, des soupirs, jusqu'à ce que quelqu'un dise, parlant de la bougie qui brûlait : « Sergent, on ne pourra pas dormir avec la lumière. » Ça fit du bien de rire, même à Tappei.

Au milieu de la nuit, Hisao se réveilla. Takeshi l'entendit. « Qu'est-ce qu'il y a ? » Hisao répondit : « Rien, j'avais chaud. » Puis il s'assit pour dégrafer sa chemise. Le reste du détachement dormait, sauf le sergent Tappei. La bougie tremblait entre ses pieds, elle était presque arrivée au bout. On aurait dit qu'il attendait qu'elle s'éteigne pour s'endormir. Takeshi se dressa sur un coude. Les voyant tous les deux réveillés, Tappei leur dit : « Si vous ne dormez plus, repassez le boyau et allez chercher de l'eau pour demain. Versez ce qui reste dans un bidon et prenez-en deux chacun. Et ramenez des bougies, j'en avais qu'une. » Ils se levèrent et transvasèrent les bidons dans un seul. Ensuite, Hisao en premier, ils entrèrent dans le boyau, firent quelques mètres, sur les genoux et les mains, dans le noir, et soudain il y eut un bruit sourd, énorme, la montagne se souleva et ils furent projetés contre les parois et ils retombèrent et à nouveau la montagne se souleva. Hisao se mit à crier, mais il avait la bouche pleine de poussière. Dans sa tête résonnaient les tremblements de la montagne et les battements effrénés de son cœur. Il entendait la voix déformée de Takeshi qui le suppliait d'avancer, d'avancer. Il se mit à ramper, et très vite se cogna à la roche. Il essaya d'appuyer dessus pour la faire tomber, puis se mit à crier désespérément : « Il faut reculer, Takeshi, c'est fermé, c'est tombé ! » Ils partirent à reculons, tandis que les coups qui tombaient sur la montagne se rapprochaient maintenant, et c'était comme un train fonçant à toute allure.

Soudain Hisao ne sentit plus les parois du boyau et il se redressa, projetant ses mains au-dessus de sa tête, puis devant lui, et il toucha Takeshi. Il l'agrippa et ils restèrent un moment debout dans l'obscurité complète, ne pouvant ni parler ni bouger, respirant comme des chiens monstrueux. Puis Takeshi dit tout bas : « Sergent Tappei on est revenus. » Ils attendirent la réponse. Rien, le silence. « Sergent Tappei ! » Le silence, et les autres, comment les appeler, ils ne connaissaient pas leurs noms. Mais de toute façon, quelque chose, une voix à l'intérieur d'eux leur disait que le souffle de l'explosion leur avait à tous déchiré la poitrine. Soudain le calme revint, la montagne cessa de bouger, ils crachèrent la poussière, ils s'essuyèrent la bouche, arrêtèrent de trembler, s'accroupirent, et ainsi commença leur vie dans le noir.

Ils demeuraient assis sur leurs talons, guettant un bruit, un signal. Guettant le moment de parler du détachement, et des servants du canon, là tout près derrière la porte, dehors, projetés les premiers dans la mort. Et la porte qu'est-ce qu'il en restait ? En explosant est-ce qu'elle avait ouvert un passage vers l'extérieur ? Ils étaient peut-être face au dehors. L'air qu'ils respiraient leur disait non. Il était âcre et chaud, il ne sentait pas la mer pas la nuit. Hisao entendit bouger. Il comprit que Takeshi s'asseyait. Il lui dit : « Tous, hein, Takeshi ? Et le sergent aussi, tous. Les servants aussi, dehors. » Takeshi ne répondit pas, il demanda : « Et toi, tu es blessé ? » Hisao répondit : « Non. J'ai mal partout, j'ai mal à la tête. » Puis il s'assit. « Et toi ? » Takeshi répondit : « Mes oreilles me font mal. » Ils s'allongèrent là où ils étaient, si près qu'ils se touchaient, et ils repliaient leurs jambes le plus possible pour ne pas risquer de toucher les cadavres invisibles autour d'eux.

À la pensée de ces cadavres, de les savoir là sans les voir, Hisao se mit à trembler. Ses bras se mouvaient tout seuls, comme sous le froid. Takeshi fredonna un air, sans mots au début. Il fredonnait justement pour se donner le temps d'en trouver. Il aurait pu continuer comme ça, car déjà Hisao, bien que tremblant toujours, se sentait mieux. Rien que d'entendre la voix de Takeshi, son anxiété s'écoulait comme par une brèche, et sa poitrine se desserrait. C'est que dans cette obscurité, le silence pesait sur eux comme une forêt d'arbres morts. Soudain les mots vinrent. La chanson parlait des deux bougies qu'ils avaient volées et cachées. Elle disait qu'un jour ils retourneraient les chercher pour se rappeler combien elles leur avaient manqué.

Hisao tremblait toujours, contre ça il ne pouvait rien, mais il se sentait bercé, et heureux d'avoir compris du premier coup de quoi parlait la chanson. Lorsqu'elle fut finie, Takeshi recommença à la chanter. Une explosion l'interrompit, mais elle était si lointaine et assourdie, qu'elle en était presque rassurante. Takeshi attendit que son écho se soit éteint, puis reprit du début et alla jusqu'au bout.

113

Ensuite la fatigue les emporta. Ils tombèrent dans un sommeil de pierre, mais rapide, et à peine réveillé, Hisao se dressa. Il regarda là où il pensait que se trouvait la porte afin d'y chercher une lueur. Il n'en vit aucune. Il regarda autour de lui, pensant qu'il se trompait de direction, et là encore il ne vit que les ténèbres. Il mit une main devant ses yeux, et c'est comme si elle n'avait pas été là. Il songea, pour expliquer une telle obscurité, que le jour n'était pas encore levé derrière ce qu'il restait de la porte. Takeshi venait de se dresser lui aussi. Il sentit son souffle, il lui dit : « Tu crois qu'il fait encore nuit ? » Takeshi répondit à voix basse : « Peut-être. » Puis tout de suite après : « J'ai soif. » Hisao dit : « Il reste des bidons. Où sont-ils ? » La réponse, ils la connaissaient, ils étaient mêlés aux cadavres. Ils attendirent pour chercher du courage, puis Hisao le premier s'accroupit, et les mains en avant comme des antennes s'avança, redoutant plus que tout le premier contact avec l'un des corps. Takeshi avait fait de même, il avançait à tâtons dans le noir, mais dans une autre direction.

C'est le sergent Tappei qu'Hisao trouva. Il posa une main sur son ventre et la retira, comme s'il se fût agi de feu. Ce ne pouvait être que le sergent. Il se souvenait qu'il était seul, face aux hommes, et là il n'y avait pas d'autres cadavres autour de lui. La porte, c'était le moment de voir ce qu'il en restait. Il se redressa, ses mains rencontrèrent un amoncellement de pierres, et des formes qui saillaient, plus chaudes, plus froides. C'était du bois, de l'acier. Ensuite il se retourna et s'agenouilla. Il attendit, reprit courage et tâtonna le sol, autour du corps du sergent, le frôlant à peine, fouillant parmi les gravats en espérant que sa gourde y soit. Il sursauta car Takeshi, venant de toucher un corps, avait gémi.

Puis, n'ayant pas trouvé la gourde, il se résolut à fouiller sur le corps. Il songea avec une immense tristesse : « Qu'est-ce que tu fais là, sergent ? » Il trouva la ceinture, l'étui à revolver, et lorsqu'il toucha la gourde, il dit : « Reviens, Takeshi, j'en ai trouvé. » Il décrocha la gourde, et se servant de la position des jambes du sergent, retrouva l'endroit où ils avaient dormi. Takeshi le rejoignit. Hisao lui dit : « La porte n'est plus là. » Ils burent chacun leur tour, et vidèrent la gourde. À nouveau la montagne fut secouée. Ils s'allongèrent et se blottirent l'un contre l'autre. Takeshi gémissait et appelait Hisao et Hisao se serrait de plus en plus contre lui et ses bras l'étreignaient. Puis la bataille s'éloigna, les coups retentirent de plus en plus lointains. Cependant ils restèrent ainsi, serrés l'un contre l'autre, bien après que le calme soit revenu. Hisao desserra son étreinte et ils s'assirent. Et maintenant qu'Hisao avait desserré son étreinte, ses bras qui ne servaient plus à rien se remirent à trembler sans qu'il puisse les arrêter. D'une voix frémissante car il n'était pas revenu de son effroi, Takeshi lui chanta la chanson des bougies sans se tromper d'un mot.

Il y avait longtemps que la chanson était finie. Ils étaient assis, se faisaient face, et chacun pour soi écoutait les battements de son cœur. La poussière et l'effroi les avaient asséchés. La soif revenait, mais ils attendaient que le jour arrive, que des rais de lumière apparaissent entre les pierres éboulées. Ils ne voulaient plus retourner dans le noir à la recherche des bidons, toucher les cadavres, risquer de poser une main sur leurs visages, leurs cheveux. Hisao regardait sans cesse vers là où il pensait que le jour allait venir. Jamais il n'avait connu une telle obscurité. Il fallait qu'il n'y eût ni lune ni étoiles dans le ciel pour qu'à ce point, rien ne passe entre les pierres. Et dans ces ténèbres, le temps s'écoulait d'une façon inhabituelle. On aurait dit une matière sans début ni fin, une chose inerte. Peut-être que c'était ça la mort, se disait Hisao, une matière sombre, sans début et sans fin, que l'on ferme les yeux ou pas, et alors Tappei, le détachement, les servants dehors, comment étaient leurs yeux. « Non, arrête, se dit-il, ne pense pas à eux. » Il murmura à Takeshi : « Je crois que la bataille a commencé au début de la nuit. Pourquoi ce serait si long autrement ? » Il dit cela tandis que dehors le soleil à mi-chemin de midi tombait sur la mer et Peleliu. « Dis-moi, Takeshi, pourquoi ce serait si long ? » Il dit cela sans détourner son regard du mur de roche d'acier et de débris de bois derrière lequel le soleil éclairait la mer et le flanc de la montagne.

Il faisait chaud, bien plus que sur le front de taille. Ils se mirent torse nu. Takeshi dit soudain : « Je veux aller voir. C'est trop long. Dis-moi où était la porte. » Hisao lui saisit la main et la dirigea vers là où il n'avait pas cessé de regarder, guettant la lumière du matin. Takeshi s'éloigna. Hisao l'entendit gémir lorsqu'il enjamba le corps du sergent. Puis il l'appela. Hisao le rejoignit et Takeshi dit : « Approche-toi, mets ton visage contre. Il n'y a pas d'air. » Du front Hisao toucha le mur, et lui non plus ne sentit rien sur sa peau, pas un filet d'air. Takeshi murmura : « Il fait jour depuis longtemps. Mais rien ne peut passer. On manquera d'air aussi. » À ces mots, il chercha une prise entre les pierres, souleva, tira, mais rien ne bougeait. Hisao chercha lui aussi une prise, mais les pierres semblaient cimentées entre elles. Ils continuèrent, comme pris de fièvre, et leurs mains s'écorchaient aux débris de la porte et aux bords tranchants de l'acier. Hisao abandonna le premier. Takeshi s'assit à ses côtés.

Takeshi dit au bout d'un moment : « Il nous faut un outil, les pelles, les baïonnettes. » Hisao dit : « Les bidons d'abord. Si on ne boit pas, on ne pourra pas travailler. » Il se redressa, fit quelques pas et se heurta à un corps. Il s'accroupit, attendit, puis comme s'il s'élançait dans le vide, s'avança entre les cadavres. Il se mit à les fouiller, les yeux fermés bien qu'il fût dans les ténèbres. À un moment il crut avoir trouvé, mais c'était un casque. Sous ses mains, il sentait les poitrines, les bras. Lorsqu'il sentait une main, il avait un long tremblement. Il ne montait pas plus haut de peur de rencontrer les visages. Il passait d'un cadavre à l'autre. Un gémissement jaillit de sa gorge, il avait reconnu la forme d'un bidon coincé sous un corps. Il le tira, l'approcha de son oreille et le secoua. Au bruit qu'il fit il ne sut pas comment réagir, être heureux ou pris de désespoir.

Pendant qu'ils buvaient, le sol se mit à trembler. C'étaient de légères secousses. Pas un bruit, même lointain, ne les accompagnait. Cependant, Hisao qui avait le bidon à ce moment-là le posa par terre et le maintint comme s'il allait s'envoler. Le calme revint. Ils décidèrent de garder ce qu'il restait d'eau au fond du bidon. Takeshi dit : « Dormons un peu, et après nous chercherons des pelles. » Ils s'allongèrent. Hisao demanda : « Dis-moi la vérité, Takeshi, dis-moi ce que tu penses. Si nous sortons, c'est comme nous rendre ? » Pendant un instant il pensa que Takeshi dormait déjà. Puis il l'entendit bouger, et lui répondre : « Moi je ne sais rien de la vie, mais je ne veux pas mourir. » Hisao songea : « Qu'est-ce que ça veut dire, est-ce qu'il a répondu à ma question ? Personne ne veut mourir. » Il ferma les yeux. Il essaya de comprendre. La voix frêle de Takeshi l'interrompit. La chanson des bougies résonna et lui fit oublier sa question.

Et lorsque la chanson fut finie, Takeshi dit :
« Je ne sais pas si c'est comme nous rendre, que
de sortir de là. Je ne connais rien de la vie, et
toi qu'est-ce que tu sais ? » Hisao dit : « Moi
je voudrais vivre, tout comme toi, Takeshi. »
Takeshi dit soudain avec un grand calme :
« Rien ne nous oblige à sortir. Mais au moins
faisons un trou pour respirer et pour voir où
sont les bidons. » Hisao dit : « Tu as raison, oui,
faire un trou pour respirer, ce n'est pas nous
rendre. » D'avoir parlé, ils avaient à nouveau
perdu leur salive. Ils se redressèrent, finirent
le fond du bidon, à nouveau s'allongèrent en
chien de fusil et se serrèrent l'un contre l'autre.
Hisao murmura : « Moi je n'ai pas le don que
tu as, Takeshi, pour inventer des chansons. » Il
se tut un instant, puis murmura : « Je ne sais pas
encore le don que j'ai. » Il attendit que Takeshi

lui dise quelque chose. Au rythme de sa respiration, il comprit qu'il s'était endormi.

Il ferma les yeux, les rouvrit un instant, les referma. C'était pareil. Que se passait-il dans la montagne ? Où étaient les détachements et combien avaient eu la poitrine déchirée au premier coup ? Il entendait un bruit. Et qu'est-ce que c'était cette odeur ? Mais il entendait un bruit, ça battait à tout rompre. « Est-ce que c'est mon cœur ou le sien ? »

La respiration de Takeshi le berçait. « Est-ce qu'un jour, je saurai le don que j'ai ? » Il accorda sa respiration à celle de Takeshi. Au bout d'un moment il vit en songe le mur de pierre de bois et d'acier s'ouvrir à force de travail, s'ouvrir assez pour les éclairer et chercher les bidons. Ensuite, toujours en songe, il le vit tomber entièrement. Ils étaient dehors face à l'ennemi. Mais qu'est-ce que c'était l'ennemi ? Un train fonçant à toute allure sur la montagne. De l'acier assourdissant, des coups sourds. C'était ça l'ennemi. Ça ne voulait rien dire.

La douleur les réveilla. L'odeur les frappa. Il leur fallut un moment avant de comprendre cette douleur. Ils allèrent vers les cadavres et cherchèrent les bidons en fouillant entre les corps, et à présent sans un gémissement lorsqu'ils touchaient une main, un visage. Mais ils étaient secoués de nausées à cause de l'odeur. Les bidons qu'ils retrouvèrent étaient vides. Takeshi dit : « Il n'y en a plus. Il nous faut de l'air. » Ils retrouvèrent leur propre pelle, allèrent vers le mur et s'en servirent comme de leviers pour soulever les pierres éboulées. Ils les brisèrent toutes les deux. Ils retournèrent vers les cadavres pour chercher les baïonnettes, et soudain il y eut un fracas assourdissant, et ils furent projetés à terre. Une pluie de poussière se mit à tomber. De nouveau la montagne se souleva. Hisao sentit une main, un bras. Takeshi le prit par l'épaule et ils se serrèrent l'un contre l'autre, et la pluie de poussière qui tombait sur eux eut tôt fait de les recouvrir d'un voile de ténèbres en plus.

Ensuite il n'y eut plus un bruit. Le train en acier était passé. Alors Takeshi murmura la chanson des bougies, et Hisao pensa : « Oui, donne-moi un coup de main. » Ensuite Takeshi voulut chanter tout haut, mais sa voix était si affreuse qu'il s'arrêta. Un long moment, ils restèrent ainsi sans bouger, puis ils se redressèrent et cherchèrent à se rappeler ce qu'ils étaient en train de faire au moment où l'explosion les avait projetés à terre. Ça leur revint qu'ils avaient besoin des baïonnettes pour creuser entre les pierres.

Mais comment creuser sans rien voir. Il leur fallait toujours laisser la pointe de la baïonnette à l'endroit où ils creusaient. S'ils l'en retiraient, ils ne le retrouvaient pas. En sorte qu'ils ne pouvaient pas s'asseoir pour se reposer. La douleur qui les avait réveillés grandissait à l'intérieur d'eux comme un animal monstrueux. Et l'odeur, ils la mangeaient par le nez, par la bouche. Elle était devenue une matière, tout comme les ténèbres, et semblait nourrir l'animal à l'intérieur d'eux.

En voulant changer d'endroit pour creuser, car il était tombé sur de l'acier, Hisao trébucha et sa baïonnette lui échappa. Il se mit sur les genoux pour la chercher. L'ayant retrouvée, il bascula sur le côté, s'adossa au mur et sombra dans un trou brûlant qui lui sembla être son propre corps. Il se réveilla, mais n'eut pas la force de se relever. Il creusa entre les pierres à sa hauteur. À nouveau il tomba dans le trou brûlant. Il y resta plusieurs heures. Il se réveilla et entendit un souffle. Il avança sur les genoux et les mains. En passant par-dessus le corps du sergent Tappei, il comprit que Takeshi avait retrouvé l'endroit minuscule où ils vivaient depuis le début de la bataille. Il en fut heureux et s'allongea contre lui.

Il s'endormit, la douleur le réveilla. « Takeshi, qu'est-ce qui nous arrive ? » Il voulait que Takeshi réponde à ça. Dans sa fièvre, il y tenait beaucoup. Mais comme Takeshi ne lui répondait pas, Hisao pensa que peut-être il ne l'avait pas entendu. Ou bien l'avait-il entendu et ne savait pas ce qui leur arrivait. Soudain Takeshi dit quelque chose, mais si bas et d'une voix si étrange qu'il ne le comprit pas. Hisao demanda : « Quoi ! » Mais Takeshi ne reparla pas pendant longtemps, à part un gémissement, un souffle plus fort que sa respiration. Puis il se mit à trembler. Hisao l'enveloppa d'un bras, et les tremblements cessèrent. Ensuite il lui sembla que Takeshi bougeait la tête, et il voulut lui dire de ne pas bouger, mais Takeshi murmura, lentement et d'une voix plus frêle que lorsqu'il chantait : « Maman, papa, j'ai mal aux mains, j'ai mal à la tête, à quoi ça sert de vivre. » Et dans sa fièvre, après que Takeshi

eut cessé de respirer, Hisao eut besoin de réfléchir pour savoir qui de lui ou de Takeshi avait
parlé.

L'explosion fit une brèche dans le mur et projeta Hisao par-dessus le corps de Takeshi. Il resta étendu, réveillé mais inerte, le regard tendu vers l'ouverture, et tandis que la poussière et la fumée s'en allaient aspirées par l'air plus frais du dehors, que le ciel peu à peu apparaissait, son esprit enfiévré l'emporta vers la mer. Et c'est pour aller boire l'eau de la mer qu'il trouva la force de se redresser et de sortir de la montagne. Il se dirigea vers la brèche, sur les mains, les genoux. Il escalada ce qu'il restait du mur, dégringola et repartit en avant, et bien que ce fût la fin de l'après-midi, presque le soir, la lumière lui était si aveuglante qu'il fermait les yeux. Il ne voyait pas, devant lui, debout entre deux rochers, le soldat qui épaulait son fusil et le visait. Il entendit la détonation, et sans s'arrêter, il redressa la tête et ouvrit les yeux.

129

Au bout d'un moment il distingua le soldat étranger entre les deux rochers, auréolé dans la lumière violente à la manière d'une divinité, et il pensa désespérément, car il était sur son passage : « Laisse-moi arriver jusqu'à la mer. » Il continua d'avancer sur les mains, tandis que le soldat à nouveau épaulait et tirait. Cette fois encore il le manqua, et il se mit à rire de lui-même, et lorsque Hisao arriva à un mètre de lui, il riait encore de sa maladresse et considérait l'homme qui ressemblait à une branche, torse nu, couvert de poussière et de cendre, avançant une main puis une autre, et dont les bras soudain flanchèrent. Hisao était tombé face contre terre. Il essaya de se relever, mais n'y parvint pas. Il réussit à se mettre sur un coude. Le soldat qui avait presque cessé de rire prit sa gourde à la ceinture, l'ouvrit, fit deux pas en avant et lui tendit.

Dans le camion qui allait à Aomori, Hisao avait du mal à garder les yeux ouverts. Ce qu'il avait dormi sur la plage et dans le poste de garde ne lui suffisait pas. Et puis l'alcool qu'il avait bu avec Keisuke et Komura lui jouait des tours, ça remontait, ça avait un goût. Contre lui, le garçon aux cheveux noués qu'on emmenait voir sa mère n'avait pas bougé. Il dormait toujours. Miyake conduisait en silence. Il faisait de son mieux pour éviter les trous. Ça n'était pas facile. Parfois le camion semblait tomber sur ses essieux. Miyake grognait et le garçon avait comme un soubresaut.

Malgré la fatigue, Hisao était heureux du temps gagné à aller en camion jusqu'à Aomori. En sorte qu'il pensa à Shigeko, au bateau pour Hokkaidō, à la traversée, il pensa à la gare d'Aomori où sa valise était. Soudain il fut pris d'une angoisse. Qu'on l'ait ouverte et pris l'œuf en jade. Peut-être courait-il derrière une valise vide. Lorsqu'à Aomori on la lui rendrait, il en aurait le souffle coupé de bonheur, mais lorsqu'il l'ouvrirait, l'œuf en jade ne serait plus là bien protégé dans son caleçon en laine. Il soupira, songea : « C'est ma fatigue qui me rend pessimiste. » Il devait dormir, ne fût-ce qu'un peu. Il ferma les yeux, et les rouvrit aussitôt. Car de cette angoisse, lui en était venue une autre. Il lui sembla qu'il y avait de moins en moins de trous de pluie sur la route. La soif, cruelle, criait que c'étaient les derniers. Il dit :

– Arrête-toi, s'il te plaît.

Miyake demanda :

– Pourquoi ? Tu ne vas plus à Aomori ?

– Si, j'y vais encore. Mais arrête-toi. Pas longtemps.

Il y avait de la détresse dans sa voix. Le camion stoppa. Hisao ouvrit la portière, et d'un bond se retrouva sur la route. Il s'abreuva au trou le plus proche, vite et mal, mouillant ses chaussures et ses pantalons. Il but comme s'il avait été seul, avidement, salement, conscient pourtant qu'on pouvait le voir depuis le camion. Ensuite il resta accroupi, le temps de sentir son angoisse s'en aller. En remontant dans le camion, il évita le regard de Miyake. Ce dernier passa les vitesses, le camion reprit sa course. Hisao ne quittait pas des yeux le bord de la route. Il craignait de sentir le regard de Miyake sur lui.

Bien que cruelle, la soif avait eu raison, des trous de pluie, il n'y en avait presque plus. Bientôt ils disparurent. On les avait bouchés avec du goudron. Pour cette raison, Miyake, lui, avait des soupirs de soulagement. Puis, voulant faire allusion à la façon dont Hisao s'était précipité sur la route, à sa manière de boire, et surtout à sa gêne à présent, il dit :

– Je ne sais pas ce qu'il y a derrière ça, mais ne t'en fais pas, ne sois pas mal.

Il attendit. Il dit ensuite :

– Moi je me suis ouvert à toi, mais toi tu n'es pas obligé.

Hisao avait frémi. Mais il en éprouva du soulagement, assez pour se tourner vers Miyake. Il voulut lui dire la même chose qu'au vieil homme hier, qu'il avait été dans une bataille. Mais contre lui le garçon dans son sommeil attira son attention à cause d'un filet de salive qu'il avait au coin de la bouche. Il ne put en détacher son regard, et ressentit pour lui soudain et justement à cause de ce filet de salive, un drôle de sentiment, quelque chose qui lui faisait du bien et du mal. Il eut cette pensée, une pensée que pour rien au monde il n'aurait voulu que le garçon entende : « Moi j'ai plus de chance que toi. Moi Shigeko m'attend. Peut-être qu'elle m'aura fait

133

cuire des petits gâteaux. » La poitrine du garçon se soulevait, l'air entrait et sortait par sa bouche entrouverte. Hisao surveillait cette respiration avec tant d'attention qu'elle devenait la sienne, et qu'il avait l'impression qu'un même filet de salive s'était formé au coin de sa bouche.

Miyake, peut-être s'apercevant de quelque chose, voulut parler. Mais à ce moment-là, Hisao quitta le garçon du regard, et oubliant de dire à Miyake qu'il avait été dans une bataille, il se mit à regarder dehors. C'est une forêt de cèdres qu'ils traversaient, si hauts qu'ils semblaient ployer au-dessus de la route. Au loin, à travers les cèdres, on voyait le sommet d'une montagne. Par-delà ce sommet, on ne voyait plus rien. On eût dit que le monde s'arrêtait brusquement après lui.

Le camion sortit de la forêt de cèdres. Ils traversaient une plaine marécageuse, ornée de joncs verts. Au loin, devant, tout disparaissait. Bientôt un brouillard d'automne, épais comme un nuage, les engloutit. Miyake alluma ses phares. Jetant un regard sur sa droite, Hisao aperçut deux barques effilées, posées sur un lac ou un étang. Mais leurs eaux étaient invisibles dans le brouillard. Elles se confondaient avec le ciel. On eût dit que les barques flottaient dans l'air. À leur vue, Hisao pensa à Shigeko et à ses lettres, parce que c'était ce genre de choses qu'elle écrivait parfois. Ces deux barques qui flottaient on ne savait sur quoi, si Shigeko les avait vues, elle les aurait mises dans l'une de ses lettres. Voilà, de ces choses délicates, qui apparaissaient et disparaissaient, sans début ni fin. Qui ne tenaient sur rien. Qui s'en allaient vite. Une fois il avait eu l'idée de faire comme elle.

Un matin, cet hiver, chez Mme Taïmaki, il neigeait lorsqu'il était sorti dans la cour. Au moment où il se penchait sur le tonneau pour y puiser de l'eau et effacer la trace de ses larmes, il vit les flocons posés à la surface. Il n'y toucha pas, il se redressa sans les quitter des yeux, se frotta le visage avec ses manches et rentra vite pour le dire à Mme Taïmaki. Elle l'attendait assise derrière le petit poêle pour boire le thé. Il dit : « Il neige sur l'eau du tonneau, madame Taïmaki. » Elle lui avait lancé un grand sourire, elle avait fermé les yeux un instant, tout comme si elle venait d'apprendre une bonne nouvelle. Plus tard dans la journée, tandis qu'il répondait à une lettre de Shigeko, il avait terminé ainsi, pour faire comme Shigeko et aussi parce que ça avait plu à Mme Taïmaki, il avait écrit : « Ici, il neige sur le tonneau. »

Miyake lui avait touché l'épaule. Il se réveilla. Le moteur tournait, mais ils étaient arrêtés. Apercevant des maisons, du monde et des lumières, Hisao comprit qu'ils étaient à Aomori.

– Dis donc, dit Miyake, pour la discussion vous ne valez pas grand-chose tous les deux.

Il n'était pas fâché. Il avait parlé sur un ton plaisant. Hisao cherchait à le remercier, et à dire aussi quelque chose à propos du garçon qui dormait toujours, mais il ne trouvait rien. De s'être assoupi si profondément, les mots lui manquaient. Miyake dit avec un clin d'œil :

– Dépêche-toi, moi aussi j'ai des choses à faire.

Hisao ouvrit la portière, descendit, jeta un regard à Miyake, au garçon. Comme les mots continuaient de lui manquer, il s'inclina et referma la portière. Le camion s'en alla. Hisao resta au milieu de la rue pour le regarder partir. Puis, se tournant, il vit que Miyake l'avait laissé devant la gare. Des filaments s'allumaient dans le ciel. Le soir arrivait. Il y avait trois soldats étrangers assis sur les marches qui montaient vers la gare, et deux autres en haut qui finissaient de les grimper. Ces deux-là avaient déjà leur manteau d'hiver. Lorsqu'il passa à côté des trois assis sur les marches, Hisao les dévisagea rapidement.

En entrant dans la gare, il sentit l'odeur de la soupe. Elle le frappa comme une porte qu'on ouvre sur un jour éclatant. Sur sa gauche, il y avait une table où l'on en vendait dans deux marmites. Il ne s'arrêta pas. Il ne savait pas encore combien coûtait la traversée pour Hokkaidō. Il songea en allant vers le guichet : « La dernière fois que j'ai mangé, c'était cette nuit. Bien sûr que j'ai faim. Si la valise est là je cours acheter mon billet, et si j'ai encore de l'argent, je reviens ici en courant pareil. »

Il se retrouva à attendre derrière les deux soldats aux manteaux d'hiver. Pendant un instant il ne sut pas si ses tremblements lui venaient d'être derrière eux, ou si près de sa valise. L'un des deux soldats par hasard en se tournant croisa son regard. Hisao baissa les yeux, ayant eu le temps cependant de voir que ce n'était pas celui qui venait chaque nuit lui rire dans les oreilles. Il n'en éprouva pas de déception. Il en eut même un sourire. Un peu amer, un peu moqueur, tourné vers lui-même. Puis son sourire s'en alla, et le regard toujours baissé, il se mit à prier à toute vitesse pour sa valise, implorant des dieux inconnus, implorant la chance, leur marmonnant des mots et des phrases sans queue ni tête tellement il était angoissé. Soudain il sursauta comme pris en faute et releva la tête. Les deux soldats étaient partis. On l'appelait depuis le guichet. L'air lui manqua. Il resta là.

– Approche. Qu'est-ce que tu veux ?

Hisao, dans un souffle, sans bouger :

– Ma valise.

Et l'homme derrière le guichet :

– Quoi, ta valise. Approche.

Hisao s'approcha et dit :

– Hier je suis monté dans le train à Hanamaki, et avant Akita, il s'est arrêté, et moi je suis descendu sans penser à ma valise. Le train est reparti.

– Je ne comprends rien. Pourquoi tu es descendu ?

– J'avais soif.

– Tu avais soif ?

– Oui. À en perdre la tête. Et maintenant je viens chercher ma valise. Est-ce qu'elle est là ?

L'homme considérait Hisao et cherchait à comprendre. Hisao demanda :

— Ici c'est le terminus ?

— Oui, si tu viens d'Hanamaki, c'est ici.

— Alors c'est ici qu'est ma valise.

L'homme branla la tête tout tranquillement.

— Non, elle n'est pas là. Personne n'a ramené de valise.

— C'est toi qui étais là, hier.

— Je te dis que personne n'a ramené de valise. Ni hier ni aujourd'hui.

Hisao, presque avec colère :

— Retourne voir !

— Retourner où ? Je te dis que je n'ai pas ta valise.

À présent Hisao était comme une statue. Seules ses lèvres bougeaient. L'homme se pencha comme pour mieux entendre. N'entendant rien, il dit :

— Si tu ne me crois pas, va voir Kuroki Anzu, c'est elle qui fait les trains. Demande-lui si on a retrouvé une valise. Elle habite dans un wagon. Passe derrière la gare. Va tout droit vers un étang. Tu le verras.

Hisao avait déjà fait un pas en arrière. À présent il avait un tic au coin des lèvres. Dans un souffle il demanda :

— Le bateau pour Hokkaidō, il y en a un, ce soir ?

140

L'homme se tourna pour lire à une pendule.

– Dans une heure. Après celui-là, c'est demain. Fais vite.

Il aperçut le wagon. Il y avait un jardin devant, planté d'arbustes à fleurs. Il aperçut l'étang. Il était argenté à cause du soir. Il n'avait pas arrêté de courir depuis la gare. Il alla jusqu'au wagon en marchant pour reprendre haleine. La porte faisait face à l'étang. Le jardin était clos par des galets peints en blanc. Les arbustes commençaient à faner, à l'exception d'un camélia sasanqua en fleur. On avait construit trois marches en bois pour accéder à la porte. Il y frappa deux coups, et attendit encore essoufflé. Elle s'ouvrit un peu. Hisao leva la tête vers l'embrasure. Il ne vit qu'un peu de lumière, pas grand-chose. Il demanda :

— C'est toi Kuroki Anzu ?

— Pourquoi ?

— Je viens de la gare. C'est toi qui fais les trains ?

– Qu'est-ce que tu veux ?

Hisao monta une marche afin de se rapprocher. La porte commença à se refermer. Il redescendit la marche et se recula un peu.

– Attends, c'est toi Kuroki qui fais les trains ?

– Pourquoi ?

– Hier je suis monté à Hanamaki, avant Akita on s'est arrêtés et moi je suis descendu, j'avais soif. Je n'ai pas réfléchi. Le train est reparti sans moi, avec ma valise. Je l'avais mise sous mon siège. Est-ce que tu l'as trouvée ?

– Non.

Hisao, pris d'un soupçon, fit un pas vers le wagon. Il s'était passé un temps inhabituel avant que la femme lui réponde. Un temps qui ne lui parut ni celui de la réflexion ni celui de la franchise. Après qu'il eut fait ce pas vers le wagon, la porte se referma complètement, une clé se tourna. Là encore ça ne lui parut pas un geste guidé par la franchise. Il s'assit sur l'une des marches en bois. Le soupçon qu'il avait prenait vie. Tourné vers l'étang, il réfléchit un bon moment, puis se remit debout, et levant la tête vers la porte, il dit d'une voix légère et riante, pour montrer qu'il savait se moquer de lui-même et voulait retirer du poids à ce qu'il se passait :

– Quand j'ai besoin de boire, j'en oublie tout. Quelle soif, tu t'imagines ! Sans elle ce serait plus facile de vivre et je ne serais pas venu t'ennuyer avec ma valise. Si tu l'as trouvée, elle est vert pâle, pas grande.

Pas de réponse, le silence. Hisao attendit puis se rassit sur la marche. L'eau de l'étang perdait ses reflets argentés. Il la considéra sans songer à aller s'en abreuver. À nouveau il se leva, grimpa une marche et s'approcha tout près de la porte.

– Kuroki, écoute-moi. Je prends le bateau pour Hokkaidō, ce soir. Si tu as trouvé ma valise, rends-la-moi. J'en ai besoin. Depuis deux jours, je cours après.

Toujours rien, toujours le silence. Hisao posa son front contre la porte.

– Tout ce que j'ai est dedans. Ouvre-la, il y a un caleçon en laine. Ouvre-le lui aussi, il y a un papier rouge et dedans un œuf en jade. C'est pour lui que je cours depuis deux jours. Je vais me marier avec Shigeko. C'est mon cadeau.

Il attendit. Rien, pas un bruit. Il eut le pressentiment qu'elle avait peur.

– Je ne t'accablerai pas. Je te le jure sur l'âme de Takeshi qui était mon ami et que je pleure encore. Donne-la-moi, et sur l'âme de Takeshi je m'en vais sans rien te reprocher.

Il tendit l'oreille. Le vent derrière lui, venant de la mer, passa sur l'étang et le frappa dans le dos. Il frissonna.

– Je n'en peux plus. Je cours depuis deux jours. J'ai faim et j'ai froid maintenant, et le bateau va partir pour Hokkaidō. J'en ai assez.

Il redescendit la marche où il était grimpé, et voyant dans le ciel le temps qui passait, il lança, désespéré :

– Garde la valise et les vêtements. Je te les donne. Rends-moi seulement l'œuf en jade. Même là je te jure que je ne t'accablerai pas.

La nuit arrivait, le vent le frappait par rafales, il était sans voix, il avait épuisé tout ce qu'il pouvait dire. Soudain, poussé par la rage, le désespoir, il saisit le petit escalier et avec une force incroyable le jeta contre la porte. Puis le reprit et sans plus le lâcher, il cogna, cogna, comme rendu fou, et ses forces à mesure grandissaient. Les coups redoublaient et, dans le wagon, les cris retentissaient en écho. L'escalier se brisa et il continua à frapper avec un bout qui lui restait dans la main, jusqu'à ce que la porte qui résistait encore s'ouvre d'un seul coup, et il sauta dans le wagon, plein de rage encore, couvert de sueur tant il avait frappé. Et il resta là debout, face à Kuroki Anzu, qui venait de s'asseoir sur le bord d'un lit, et se protégeait le visage des deux mains. Il restait là sans bouger et reprenait sa respiration, et quelque chose, un détail, une odeur, la faible lumière qui éclairait le wagon, lui donnait des petits coups et lui faisait oublier sa rage. Il y avait trois bougies posées sur un meuble. L'air entrait par la porte ouverte, et les flammes s'inclinaient presque à l'horizontale. C'est elles qui lui frappaient des petits coups, et le projetèrent soudain dans la montagne, le temps d'une pensée. Et il ne comprit pas pourquoi ces trois bougies-là. Des bougies, tout le monde en avait. Qu'avaient-elles de particulier, celles-ci, à part donner cette pauvre lumière. Il n'eut pas le temps d'y réfléchir. Kuroki avait écarté les mains de son visage, et le voyant sans plus de colère et le regard rempli d'étonnement, elle s'écria :

— Tu as cassé mon escalier. Pourquoi ?

Hisao se tournant vers elle, aperçut d'abord ses drôles de cheveux. « Quelle drôle de façon de se coiffer », pensa-t-il, et puis s'habituant à la lumière des bougies, il vit que cette coiffure venait qu'il lui manquait sur la tête la moitié de ses cheveux, et il vit aussitôt la peau de son cou et d'une partie de sa joue, si abîmée, plissée, rougeâtre, qu'elle en était laide et repoussante et il en eut un instant de frayeur. Peut-être à cause de cela, s'apercevant peut-être de la frayeur qu'elle lui inspirait, elle lança avec véhémence :

— Là aussi, tu vas tout casser ?

Hisao répondit à voix basse :

— Non, non.

Et puis après, avec de la timidité :

– Mais je sais que tu as trouvé ma valise.

– Qui me dit que c'est la tienne.

– Elle est vert pâle, et je peux te dire tout ce qu'il y a dedans. Ouvre-la. Tu verras.

– Ferme la porte. J'ai froid.

Hisao alla tirer la porte et, du regard, il fouilla le wagon qui était propre et bien rangé, et même agréable, et malgré lui il songea qu'il en fallait des idées pour transformer ainsi un wagon de marchandises.

– Admettons qu'elle soit à toi, à quoi est-ce que j'ai droit, moi, pour l'avoir retrouvée.

Hisao demanda, sincèrement :

– Et alors, quoi, qu'est-ce que tu veux ?

– Qu'est-ce que tu as ?

– Rien, mon argent, c'est pour aller sur Hokkaidō.

Kuroki eut un rire.

– Va sur Hokkaidō et donne-moi autre chose.

Elle avait changé sa voix, elle avait un sourire, mais il n'allait pas aussi loin des deux côtés de sa bouche à cause de sa joue brûlée. Elle l'appela avec sa main. Il ne comprit pas pourquoi. Elle l'appela encore de la main, et ses traits s'étaient adoucis et elle baissait légèrement la tête. Lorsqu'il comprit ce qu'elle lui demandait, il fut pris d'un vertige, d'abord à cause de cette demande et tout de suite après de sa peau et de ses cheveux. Il fit un pas en arrière, et en détournant son regard il vit sur le sol, un drap, jeté n'importe comment, et sous le drap, une forme. Il fut pris d'un autre vertige, fait celui-là d'une fatigue soudaine, immense, et puis d'une joie qui lui fit pousser un gémissement si profond qu'il n'entendit pas celui de Kuroki. Il souleva le drap, saisit sa valise, tira la porte et sauta du wagon.

Sans qu'il l'ait entendue, Kuroki avait sauté du wagon elle aussi tandis qu'il sortait du jardin d'arbustes. Elle l'appela, elle lui dit : « Attends ! » Il se retourna et se tint immobile. Elle vint jusqu'à lui. Le vent passait sur eux, et il était là, la valise dans une main, entre le wagon et l'étang, et Kuroki se tenait à deux mètres devant lui le visage ravagé. Et sans quitter Hisao du regard, elle commença à fléchir sur ses jambes et lorsque ses genoux furent près de toucher le sol, elle ne bougea plus. Elle resta ainsi, son regard levé vers lui, sans un mot, jusqu'à ce qu'il fût pris d'une sorte de chagrin de la voir ainsi, presque agenouillée, et de voir malgré le soir qui tombait, ses cheveux que le vent semblait arranger. Alors il s'inclina, lui aussi devant elle, et attendit un instant, cherchant quelque chose à dire. Puis il se redressa et s'en alla, de plus en plus vite, fuyant le malheur, courant de plus en plus vite vers le bateau pour Hokkaidō.

Une vaste cabine occupait tout le pont supérieur. Elle était pleine de monde. Elle sentait le gas-oil, la fumée, la nourriture. Ça lui soulevait le cœur. Il quitta son siège, remonta une coursive, poussa une lourde porte en fer et sortit sur le pont, à l'arrière.

Des lumières d'Aomori, il ne restait que des points qu'il aurait pu compter. Il songea : « Comme c'est loin déjà. » Il y avait un banc soudé au pont. Il s'assit, posa la valise à côté de lui et s'adossa au rouf. Ainsi tourné vers l'arrière du bateau, il apercevait le sillage qui faisait deux traînées plus claires que la mer. Et derrière elles au loin les lumières d'Aomori s'éteignaient une à une. Au-dessus, le ciel couvert était plus foncé que la mer et tombait sur elle, impénétrable. Les machines faisaient un tintamarre métallique, et tout vibrait, le pont, le banc, et la paroi du rouf où il s'adossait, les mains jointes entre ses jambes, frissonnant un peu, cherchant quelle heure de la nuit il était.

Pas d'autres bruits que les machines et le bouillonnement des hélices dans l'eau. Pas une lumière dans le ciel, et bientôt toutes celles d'Aomori finirent par s'éteindre, et les ténèbres enveloppèrent partout l'horizon. N'éclairait qu'une lumière de poupe blanche, accrochée à un mât très court en haut duquel un pavillon s'effilochait.

Il fixait cette petite lumière depuis un moment et pensait à la chanson des bougies. Il essayait de s'en souvenir. « Si ça pouvait arriver maintenant », songeait-il. Bien sûr il se rappelait qu'elle parlait des deux bougies qu'ils avaient cachées sous des pierres. Mais ce qui lui manquait c'était de quelle façon et avec quels mots Takeshi l'avait chantée. Elle était quelque part puisque Takeshi l'avait chantée, plus d'une fois. Comment la trouver ? Il songeait : « Qu'est-ce que je dois faire pour m'en souvenir ? Est-ce qu'en retombant, la montagne a pu l'effacer ? Est-ce qu'elle doit rester dans la montagne avec Takeshi ? Où est-elle ? Est-ce qu'un jour, je m'en souviendrai ? » Il leva les yeux au ciel, souriant vers les ténèbres, sans joie, sans peine. Puis il prit la valise et la posa sur ses genoux, comme ça, pour la sentir sur lui. Elle n'était pas bien lourde. Il tendit l'oreille. Il avait entendu siffler des notes. Un soldat noir apparut. Il revenait de l'avant du bateau où il y avait trop de vent. Il jeta à Hisao un regard rapide, sans s'arrêter de siffler, puis continua vers l'arrière et s'adossa au bastingage, à côté du mât où brillait la lumière de poupe. Il cala une épaule contre le mât et mit les mains dans les poches de son manteau d'hiver. Hisao ne le quittait pas des yeux. Il eut un sourire. Celui-là, inutile d'aller le voir de plus près pour essayer de le reconnaître. Il était blanc celui qui venait la nuit.

Il baissait la tête de peur que le soldat le voie sourire, mais continuait à le regarder par en dessous, avec insistance, car une idée avait jailli. Son cœur battait, et il songeait : « Je suis si fatigué pour avoir une idée pareille. » Il en avait la tête toute retournée, il en avait de la sueur dans le cou. Son sourire était parti. Soudain il reposa la valise à côté de lui et se leva sans réfléchir, comme lorsque la soif lui faisait perdre la tête. Il s'avança, et le soldat, le voyant s'approcher et pris d'un doute, d'une crainte, décolla son épaule du mât, retira les mains de son manteau et attendit. Il resta sur ses gardes jusqu'à ce qu'Hisao fût arrivé à un mètre de lui. Et sa crainte s'effaça lorsqu'il l'entendit parler avec dans la voix une espèce de douceur et d'inquiétude :

— Je sais que ce n'était pas toi, mais c'est à toi que je vais le dire. Pourquoi viens-tu encore ?

C'est bien difficile déjà de recommencer chaque nuit la bataille de Peleliu, ne viens pas en plus me rire dans les oreilles et te moquer de moi. Tu m'as donné à boire alors j'espère que tu n'es pas mort dans la montagne. Mais ne viens plus. La nuit, c'est bien difficile déjà sans toi. J'ai un arbre mort sur moi, j'ai peur et je pleure sur Takeshi.

Il s'interrompit, cherchant à respirer, troublé par son audace, et troublé par l'attention du soldat à qui il donnait le même âge que lui, et qui, sans le quitter du regard, avait remis les mains dans les poches de son manteau, sans impatience. Et bien qu'il n'ait participé à aucune bataille, et ne comprenait rien de ce qu'il entendait, pas même un mot, il en avait une idée, un pressentiment.

– Je te parle, mais tu ne me reconnais pas. Est-ce que pour que tu me reconnaisses, je dois me mettre à quatre pattes comme un animal, et faire semblant de boire ?

Il attendit, comme si l'autre pouvait lui répondre. Puis il fit non avec la tête, résolument.

– J'ai été un animal, mais j'ai changé depuis Peleliu.

À nouveau il s'interrompit. Il resta un moment sans parler, cherchant toujours sa respiration. Et parce qu'il n'avait pas compris qu'à Peleliu, pendant la bataille, c'est de lui-même que le soldat avait ri, de sa propre maladresse au fusil qu'il s'était moqué, il dit :

— Je sais dans le fond que je ne peux pas t'empêcher de venir, mais au moins, arrête de rire. Si je marchais sur les genoux, sur les mains, c'est parce que j'avais dans le corps une douleur plus grande que celle de laisser Takeshi derrière moi, dans la montagne. Et Takeshi, si tu savais le don qu'il avait.

Là-dessus il se tut, fit un pas en arrière, regarda le ciel de nuit où rien n'apparaissait, puis s'en retourna vers le banc, son cœur battant toujours à grands coups. Et le soldat noir qui était arrivé un mois auparavant et n'avait participé à aucune bataille, était certain maintenant que ce qu'il venait d'entendre dans une langue étrangère, parlait de l'une d'elles.

Hisao, revenu sur le banc, fixa pendant un long moment le dos du soldat qui s'était retourné et observait le sillage éclairé par la lumière de poupe. Puis il saisit la valise à côté de lui et la posa sur ses jambes. Son regard la traversa, et en songe il vit le cadeau pour Shigeko, emballé dans le papier rouge et protégé par son caleçon en laine. Il mit les mains dans les poches de sa veste pour se réchauffer. Il sentit sous ses doigts la dernière lettre de Shigeko Katagiri, et sous la lettre, l'une des feuilles d'orme qu'il avait gardée, après qu'elles soient tombées comme pluie sur la route. Il la sortit de sa poche et la posa sur la valise. Il l'observa en songeant à Takeshi, sans chagrin comme sur la route, et il allait lui redire : « Quelle chanson tu aurais fait avec ça. Surtout maintenant. Quelle chance pour toi. » Mais à ce moment-là, le bateau commençait à sortir du détroit de Tairadate, et le vent que la terre n'arrêtait plus souffla sur leur travers. La feuille d'orme frémit, se retourna puis d'un coup s'éleva au-dessus d'Hisao qui murmura trois mots. Et prise ensuite par le vent du bateau, elle vola vers l'arrière, passa au-dessus du soldat, et, un instant éclairée par le feu de poupe, elle descendit lentement vers la mer.

Cet ouvrage a été composé
par Nord Compo à Villeneuve-d'Ascq
et achevé d'imprimer en décembre 2013
sur Roto-Page
par l'Imprimerie Floch
à Mayenne
pour le compte des Éditions Stock
31, rue de Fleurus, 75006 Paris

Stock s'engage pour
l'environnement en réduisant
l'empreinte carbone de ses livres.
Celle de cet exemplaire est de :
700 g éq. CO$_2$
Rendez-vous sur
PAPIER À BASE DE   www.editions-stock-durable.fr
FIBRES CERTIFIÉES

Imprimé en France

Dépôt légal : janvier 2014
N° d'édition : 01 – N° d'impression : 85890
51-51-0485/6